TODA FÚRIA

Copyright © 2023 Tom Farias
Copyright desta edição © 2023 Editora Gutenberg

Todos os direitos reservados pela Editora Gutenberg. Nenhuma parte desta publicação poderá ser reproduzida, seja por meios mecânicos, eletrônicos, seja via cópia xerográfica, sem autorização prévia da Editora.

EDITORAS RESPONSÁVEIS
Rejane Dias
Flavia Lago

EDITORAS ASSISTENTES
Natália Chagas Máximo
Samira Vilela

PREPARAÇÃO DE TEXTO
Sonia Junqueira

REVISÃO
Samira Vilela

CAPA
Diogo Droschi

ILUSTRAÇÃO DE CAPA
Angelo Abu

DIAGRAMAÇÃO
Christiane Morais de Oliveira

**Dados Internacionais de Catalogação na Publicação (CIP)
Câmara Brasileira do Livro, SP, Brasil**

Farias, Tom
  Toda fúria / Tom Farias ; ilustração Angelo Abu. -- São Paulo : Gutenberg, 2023.

  ISBN 978-85-8235-708-8

  1. Romance brasileiro I. Abu, Angelo. II. Título.

23-158446   CDD-B869.3

Índice para catálogo sistemático:
1. Romances : Literatura brasileira B869.3

Eliane de Freitas Leite - Bibliotecária - CRB 8/8415

A **GUTENBERG** É UM SELO DO **GRUPO AUTÊNTICA**

São Paulo
Av. Paulista, 2.073, Conjunto Nacional
Horsa I . Sala 309 . Bela Vista
01311-940 São Paulo . SP
Tel.: (55 11) 3034 4468

Belo Horizonte
Rua Carlos Turner, 420
Silveira . 31140-520
Belo Horizonte . MG
Tel.: (55 31) 3465 4500

www.editoragutenberg.com.br
SAC: atendimentoleitor@grupoautentica.com.br

TOM FARIAS

TODA FÚRIA

*"O Inferno está vazio e
todos os demônios estão aqui."*

William Shakespeare, *A Tempestade*

CAPÍTULO 1

Com um giro rápido de corpo, a cabeça pendeu para baixo, numa agilidade e num molejo articulados. Esse movimento o deixava num equilíbrio de corda bamba, meio rítmico, que acompanhava a alta velocidade com que os postes, as árvores e os prédios passavam por sua visão atônita, de olhos que se mexiam como se tomados por impulsos elétricos. Olhos de um alucinado, de um psicodélico, presos por uma louca adrenalina ou pela falta total de sentidos.

Não havia nada em que pudesse se segurar, tudo apresentava perigo: os fios de alta tensão sobre sua cabeça, o apoio vacilante sob seus pés, os obstáculos que cruzavam velozmente seu caminho. Mas o risco à flor da pele transformava-o numa espécie de protagonista de uma aventura que, ele bem sabia, surripiara a vida de muitos dos seus amigos. No entanto, estar ali, sobre aquele trem de balançar contínuo e ranger de velhas latarias, de cócoras, feito surfista numa prancha em pleno mar, dava-lhe uma sensação só sentida por ele a cada estação alcançada, a cada curva vencida, a cada fio de alta tensão de que conseguia se desenvencilhar.

Se o risco era grande, o impulso para a aventura era maior ainda, pois, do teto daquela máquina voadora, sentia-se o dono do mundo, cheio de poder, inflado de coragem. Quem poderia desafiá-lo? Ou detê-lo? Ali, podia estufar o peito com força para mostrar valentia, para encarar qualquer inimigo, para andar solto na rua. Ser surfista de trem da Central do Brasil era o seu barato da hora, a sua tomada de decisão. Que importava os que não conseguiam completar o ciclo da grande aventura e morriam eletrocutados, presos aos grossos cabos elétricos, completamente tostados? Ou os que despencavam de altura magnífica e, sobre os rígidos trilhos, transformavam-se em pasta amorfa, triturados pela força da máquina? Ah, ele não! Ele era esperto, era o foda. Tinha tino para a coisa.

Caniço: assim os amigos o chamavam. O nome mesmo era Eduardo Meireles – nome bonito, de gente grande, como dizia sua avó, Dona Maria Fernandes. De tez amorenada, próxima à parda, tinha o corpo esguio, olhos baços, pernas compridas, rosto arredondado e nariz bastante pronunciado, quase chato, feito batata. Para complementar, uma cicatriz de faca, por ocasião de uma briga, beijava-lhe a lateral esquerda da testa. Não era feio, mas um tipo mal-encarado.

Antes de chegar à estação de São Cristóvão, Caniço descia do teto do vagão e virava passageiro normal. A máquina, que ia do subúrbio de Santa Cruz para a Central do Brasil, fazia várias paradas a partir de Deodoro, na altura da Vila Militar; uma delas era a de São Cristóvão, onde ele desembarcava. Velho de uso e rangendo de ferrugem, o trem tinha a maioria das portas com defeito, e muitas, de tão velhas, nem fechavam. Alguns vagões nem portas tinham mais, e, em boa parte das janelas, os trincos de correr estavam quebrados ou haviam sido arrancados violentamente pela ânsia de vandalismo e depredação dos passageiros.

Caniço, em geral, se movimentava do teto para o interior do trem pelas portas e pelas janelas quebradas. Era um mestre do movimento, um verdadeiro capoeirista da contorção do corpo, curvando-o na medida de sua necessidade.

Ao contrário dos passageiros habituais, o trem não era seu meio de transporte para o trabalho. Caniço não trabalhava, nem vendia balas ou qualquer bugiganga nos vagões, como tantos jovens da sua idade. O trem para ele era um *hobby*, algo que encarava sempre que decidia vagabundear pelas praias ou ruas da zona sul da cidade. De short colorido, tênis de marca – geralmente furtados de otários – e camiseta estampada do tipo chamativa, era mal recebido já à primeira vista; mesmo à distância, o gingado de seu corpo impunha medo aos passantes, principalmente mulheres e idosos, que o receavam e temiam. Eles segredavam, ao ver Caniço pelo calçadão da praia de Copacabana:

"Que moleque mal-encarado!"

"Parece um cão faminto procurando osso!", disse, certa vez, uma elegante senhora que puxava de uma das pernas, apoiando-se numa bengala de madeira preta.

Caniço seguia indiferente a tudo e a todos. Quando ia à zona sul, seu ponto de parada era o Posto 9, onde encontrava os amigos, moleques como ele. Ali acontecia a base de sua operação: os golpes nos velhos, os namoros com as meninas, o desenrolar dos lances na areia da praia, fosse para tomar banho de mar ou para compor a tática do arrastão nos otários e nos turistas. Entre a areia e a amurada do calçadão, tinha também a parada da grana ganha na gatunagem ou pela venda de drogas, que eram a maconha ou a pedra de crack ou, quando muito, a cola de sapateiro, para cheirar e tentar iludir a fome. Nos negócios, a venda de drogas – o crack, a maconha ou mesmo a cocaína – era a atividade mais lucrativa. E Caniço, como bom "avião", atendia a uma clientela variada, dos turistas – a pedido dos gerentes dos hotéis de luxo – aos grã-finos das coberturas à beira-mar, passando por jogadores de futebol empoleirados na emergente fama e até pagodeiros endinheirados. Era o moleque que subia os morros da zona sul, que entrava nas comunidades e atravessava o bagulho para alguém no hotel, nas areias do futevôlei, na beira da praia. Além de ficar bem na fita com os traficantes locais, a gorjeta era sempre boa, e Caniço descolava aquela grana para curtir com as garotas.

Nas comunidades próximas, fosse no Cantagalo ou no Pavão-Pavãozinho, onde o pagode comia solto, lá ia ele, com o bolso forrado e na fissura para tomar umas, e, de certo, doido para trampar com alguma mina local. Muitas se exibiam no meio da quadra, improvisada em imensa pista de dança, ao som do pancadão pesado e metalizado. Na roda com as minas popozudas, tudo rolava à vontade, com muita sensualidade e provocação. Quando o círculo se fechava sob gritinhos histéricos, era sinal de que ia rolar alguma coisa que, em outras condições, seria taxada de imprópria para menores, mesmo que a maioria ali fosse menor, como o próprio Caniço.

O moleque sabia que, no centro de toda aquela exibição, havia um alto risco: boa parte das meninas tinha seu protetor, uma espécie de dono ocasional, como a antiga figura do gigolô. Não à toa que, em geral, elas usavam roupas caras, de marca, *piercings* de ouro ou de prata pendurados no umbigo, na orelha ou no nariz e pesados e vistosos cordões ou correntes no pescoço ou nos tornozelos. Enquanto o som corria solto no palco, animando a festa, elas se esbaldavam na pista de dança, mas só eram tocadas quando permitiam. Aliás, eram elas que escolhiam seus parceiros, tirados eventualmente, como na sorte, para a dança ou a azaração, que acontecia ali mesmo, na frente de todos.

O jovem Caniço sabia disso e não era bobo. Com 16 para 17 anos, já havia provado bem das ruas e da vida, que estão intrinsecamente correlacionadas. Sabia bem que, no baile, é preciso ficar no sapatinho para não correr o risco de bulir com a mulher de algum chefão, de algum bandido. Caso contrário, era sentença.

O dinheiro ganho na praia dava-lhe certa segurança para frequentar esses ambientes. Primeiro, Caniço não vacilava na entrada do clube, ciscando de um lado para o outro, esperando a bobeira de algum segurança para vazar pra dentro. Segundo, bebia e fumava às próprias custas para não depender ou ficar na mão de ninguém. Por último, exibia-se para a mulherada com latinha na mão ou um bagulhão bem trançado, o que causava uma boa impressão em geral.

Usando tênis de marca famosa, ficava mais alto. As bermudas largas e abaixo dos joelhos, o cuecão sempre à mostra e a camisa comprida encorpavam-lhe sob medida o esqueleto, acrescentando-lhe mais idade do que parecia ter. O chumaço de cabelo desalinhado e a pele marcada do rosto – sinal das bexigas que quase o mataram quando criança –, somados ao gingado e às gírias da malandragem carioca, carregando-lhe as frases, transformavam-no em um "adulto" precoce e mal-encarado, sempre com um cigarro no canto da boca e os olhos embaciados.

A praia lhe dava tudo isso; por isso, não saía dela. Vinha de trem do subúrbio de Padre Miguel e entrava na estação por um buraco aberto no muro da linha, longe da escadaria de acesso às roletas. Deixava a favela assim que acordava, ou seja, no meio da tarde. Morava com uma parenta, sua avó paterna. A velha não trabalhava, vivia de biscates e doações da igreja. Algumas vizinhas do asfalto davam-lhe roupas para lavar e passar, e com esses trocados conseguia se manter no barraco, que ela tinha orgulho de possuir. A construção caquética de madeira, folhas de zinco, restos de papelão e cacos de amianto fazendo as vezes de telhado ficava ao lado de um rio fedorento, pútrido, cheio de lixo e infestado de urubus. Havia ali dois problemas inconciliáveis: quando fazia sol, o mau cheiro, a mosquitada e os ratos tomavam as ruas e invadiam o ambiente; e quando chovia, a água podre entrava sob as paredes mal enjambradas, alagando todo o chão da casa, que era de terra batida. Não havia muita saída: era rezar para não perder tudo e esperar a melhor sorte.

Mas o moleque ficava na rua e ao léu a maior parte do dia, indiferente ao clima bom ou ruim. A parenta não se preocupava mais havia algum tempo. Fizera ela o que sua mão alcançou, é verdade: recebera-o da mãe aos 8 anos, antes desta ser trancafiada por homicídio e roubo. O pai, reconhecido bandidão, fora fuzilado pela polícia e pouco convivera com o menino.

A mãe de Caniço era tida como violenta e sanguinária. Má era pouco para qualificá-la: pesava em sua ficha criminal a morte de inúmeras policiais femininas, o que fazia por puro prazer, feito um fetiche. Também arrombava caixas eletrônicos, assaltava bancos e zombava dos clientes, sobretudo de senhoras amedrontadas. Quando Caniço nasceu, após em vão tentar abortá-lo, viu logo que tinha um grande pepino nas mãos. "Que faço agora com essa *coisa?*", disse ao ver a criança, que, embora tivesse uma mãe maconheira de carteirinha, às vezes usuária de crack, havia nascido saudável, forte, com olhos arregalados e carão de pidão.

Quando o menino completou 8 anos, a mãe foi presa e entregou o filho à sogra, avó do menino, para que não passasse de mão em mão nem fosse criado nas bocas de fumo, como tantos filhos de bandidos e chefes do tráfico. Uma vez na cadeia, foi jogada às feras, sob vista grossa das agentes penitenciárias, que deveriam lhe dar proteção. Acabou sendo morta com requintes de crueldade por uma amante do companheiro de vida e de crimes.

Com esse histórico, Caniço lançou-se no mundo: viveu solto, sem família, escola ou laços afetivos que o orientassem para uma vida, como se diz, de "gente do bem". Em vez de estudar e brincar, como toda criança na sua idade, ficava perambulando pelas ruas, pedindo esmola ou vendendo doces e balas nos semáforos. À noite, dormia pelas calçadas ou em marquises com outras crianças da mesma idade. Era considerado, pelas estatísticas, um menino de rua.

Mas a molecada se misturava pelas ruas, maquinando ações, formando grupelhos de jovens pivetes, promovendo furtos, pequenos ganhos e outras barbaridades, protegendo-se da polícia ou da milícia e, sobretudo, dos seguranças dos prédios, bares e restaurantes. Nessa trajetória, Caniço criou laços com amigos fortuitos e traficantes que o usavam como mula ou aviãozinho do tráfico. A fome falava alto, e a necessidade de certa proteção, também. Assim, estar ligado a alguém era sempre sinal de utilidade e prestígio.

No fundo, não tinha parentes que cuidassem dele; sua família estava verdadeiramente nas ruas. Vivia pelos grupos e em grupos: na cidade, na zona sul, participava de um; no Centro, entre lojas e prédios, de outro. O crime era sua carreira predileta, e no Centro, a Cinelândia e a Praça XV de Novembro eram os locais de sua preferência para golpes e maquinações. Na Cinelândia, a atividade de batedor de carteiras deliciava sua vida e povoava-lhe os sonhos. A avenida Rio Branco era o local ideal para os botes – celulares e bolsas faziam parte dos ataques preferidos. Tirar dos transeuntes bolsas e celulares, correndo enviesado pelas ruas e por pessoas perplexas e indefesas, atravessando a via e disparando pelos becos, ziguezagueando entre os carros, dava-lhe a sensação de liberdade e poder, além de estimular-lhe a adrenalina da juventude.

Tudo isso era feito em bando, numa festa da pilhagem. Tinham sempre um plano em vista: estrategicamente posicionados, esperavam aparecer a melhor vítima, que podia ser homem ou mulher, jovem ou velho. Enquanto um despistava a "presa", empurrando ou pedindo alguma coisa, outros preparavam o bote ou vigiavam o perímetro, à espreita de seguranças à paisana, policiais ou guardas da Prefeitura. Câmeras de segurança de prédios, bancos e grandes empresas não os espantavam nem intimidavam. Dado o sinal pelo "chefe" da pequena gangue, o ataque era certeiro, sem qualquer chance de defesa. A vítima, quando mulher, geralmente paralisava e gritava de pavor; quando homem, a corpulência e as pernas bambas, efeito da abordagem surpresa, na maioria das vezes não permitiam alcançar o endiabrado infrator. Velhos e mulheres eram os preferidos dos projetos de marginais.

No quarteirão seguinte, faziam a festa da rapina bem-sucedida. Quando conseguiam bolsas femininas, que costumavam conter muitos apetrechos, separavam o que havia de valor, até mesmo batons e absorventes, que vez ou outra levavam para as namoradas das ruas. Em geral, as garotas usavam restos de papel encontrados no chão ou recolhidos nos cestos de lixos, ou pedaços de pano surrado, para conter o sangramento menstrual. O restante do que encontravam, juntamente com a bolsa, eram descartados. Essa era a rotina de Caniço toda vez que chegava ao centro da cidade ou em algum ponto da zona sul. O moleque, já tido como perigoso, teve inúmeras passagens por reformatórios, como o Instituto Padre Severino, na Ilha do Governador, onde era "hóspede" frequente. Infrator contumaz, liderança nata, já possuía uma espécie de cela particular na instituição, que se assemelhava a uma escola de aprendizes da criminalidade: ali, em vez de receberem a chamada "correção", os garotos se aperfeiçoavam no universo da bandidagem. O aprendizado era dinâmico e extremamente automático; já o contrário levava à fragilização dentro do local, fazendo dos garotos presas fáceis, expondo-os a danos físicos e, não raro, à morte.

No caso, isso não aconteceu com Caniço. Seus olhos profundos de ressacado e sua face de drogado, envelhecida pela falta de sono, impunham respeito. As seguidas passagens pelo Instituto Padre Severino davam-lhe também aquele ar de dono do pedaço, conquistado por quem tinha folha corrida de serviços prestados na praça. Tão logo chegava no Padre Severino, era bem recebido pelos comparsas, sobretudo os mais vulneráveis. Um dos mais próximos dele, verdadeiro recordista de entradas e saídas de casas para infratores, era conhecido como Sem Memória. Quem o olhava via apenas a sombra de um jovem metido numa cara de adulto, sendo o uniforme azul o único indício de sua idade adolescente.

Sem Memória era um tipo vivo, astuto, pensativo, que agia como um personagem de filme de terror. Falava baixo – talvez pela gagueira aparente –, tinha as pernas firmes, ainda que finas, e era um exímio arrombador de casas e carros, cujas peças separava e vendia nos subúrbios ou na Baixada Fluminense, nas famosas "Robautos", como eram chamadas as feiras de peças de carros desmanchados na cidade. Embora fosse uma profissão de alto risco, que lhe garantia muitos trancafiamentos e porradões da polícia e de comerciantes, Sem Memória não faturava mais de três pernas por empreitada, que realizava ao menos uma vez por semana. Isso quando não era extorquido por certos policiais, milicianos fardados e pagos pelo Estado, que o gatunavam com tanta frequência que nem se davam mais ao trabalho de fazer qualquer ocorrência ou encaminhá-lo para alguma casa de correção. De ordinário, pilhavam-lhe a grana e os objetos furtados – quando relógios, cordões de ouro ou tênis de marca –, além de lhe darem safanões, coronhadas nas costas e na cabeça. Tinha currículo invejável e marcas de agressões já cicatrizadas por várias partes do corpo. Como jamais se lembrava nitidamente das coisas, ganhou o apelido de Sem Memória.

No Padre Severino, como em qualquer casa de correção, todo favor ou proteção tinha um preço alto a ser pago. Como não tinham dinheiro – já que eram sempre pilhados ou afanados por agentes e policiais no ato da apreensão – nem família que pudesse bancá-los do lado de fora, os jovens eram obrigados a abrir contas de cigarros, biscoitos e cola de sapateiro ou maconha junto a outros jovens com mais poder ou influência – ou, o mais provável, junto aos guardas da própria casa de correção.

Toda vez que Caniço se encontrava com Sem Memória no Padre Severino, a vida dos dois melhorava. Ao contrário dos outros internos infratores, eram-lhe estendidas certas regalias, tipo banho de sol à vontade, bandejão liberado, jogos de cartas, de damas e peladas noturnas. Aos demais, o rigor de um regime já bastante severo: castigos corporais e cárcere superlotado e mofado.

O diretor Marcos Moraes, um tipo não muito alto, bigodudo, fazia vista grossa a essas falcatruas. Quando ameaçado por um juiz da Vara da Infância e da Juventude, reunia a todos no pátio, na hora do café, e gritava, batendo no peito: "Cago pra esse tal Estatuto da Criança e do Adolescente!". Então encarava os garotos com os olhos arregalados, sempre vermelhos, certamente devido ao álcool, de que era usuário, e concluía, do lugar de quem nada temia, com as costas quentes e protegido pela impunidade: "Vão todos tomar no cu".

Depois de vociferar por minutos, quase sem respirar, exibia um cigarro em brasa e, rindo demoníaca e desgraçadamente, com o olhar vidrado sobre a molecada, lançava ameaças a geral – que, muitas vezes, cumpria fatalmente, levando o dito a feito sem qualquer dó ou piedade. O couro comia na pivetada.

Não demorava muito, a temporada na instituição terminava em liberdade, com fuga pela porta da frente sem qualquer resistência ou perseguição. Na verdade, a "medida" era para a casa se livrar do grosso da superlotação. Caniço e Sem Memória eram os primeiros da fila na rota de fuga, que incluía algumas dezenas dos seus piores elementos. Quando lavrado o B.O. do fato, a direção dizia para as autoridades que a instituição estava depauperada, que tinha de ser reformada no seu âmago e, sobretudo, que precisava de dinheiro e de mais investimento financeiro. Balela.

"Só assim", dizia o diretor Moraes, fingindo afetação, "a vida desses jovens aqui dentro terá melhor sorte." Em geral, falava quase com lágrimas nos olhos – lágrimas que seriam de crocodilo, é verdade, escondendo sua hipocrisia e insensatez.

Com a rua sob os pés novamente, Caniço voltava a ser o rei do pedaço. Dependendo do tempo que ficava "preso", ia ou não à casa da parenta. A favela de Moça Bonita, em Padre Miguel, era para ele uma morada temporária ou provisória – ou, melhor dizendo, passageira. A rua se transformou no seu lar fixo e certo, fosse nas marquises de lojas ou prédios residenciais da zona sul e do centro da cidade – locais sempre agitados e lucrativos –, fosse nas proximidades da Providência, do Santo Cristo, da Saúde ou da Gamboa.

Ao sair da cana, procurava logo se abastecer de dinheiro e drogas, roubando trouxas e incautos. À noitinha, a avenida Rio Branco oferecia os melhores otários. Distraídos ou abobalhados com seus celulares, eram atacados praticamente sem ver a sombra do meliante. A reação, quando havia, era nula ou quase.

Depois de rapar bolsas e aparelhos, Caniço sumia na multidão com seu gingado certo, feito cobra na relva, que nada fazia ou pouco se importava com a aflição dos outros. Conseguida a "féria", dali do Centro tomava o bonde de Santa Teresa, onde viajava no estribo. O destino eram as bocas de fumo escondidas nas vielas e nos escombros de sobrados e casarões antigos. Ao voltar, batia na porta do sapateiro Maneu, na Cidade Nova, para adquirir a cola e abastecer os amigos e comparsas sem merreca no bolso. Por volta das dez da noite, rumava dali para o Jacaré. Curtir um funk seria o suprassumo do fechamento do dia. O som do MC Vick extasiava a galera no salão mal iluminado e transformado em poderosa pista de dança. O cigarro e a cerveja estavam garantidos; Caniço não dispensava nem um nem outro. Exibia-se abertamente para as minas, com tênis tala larga e bermudões comprados nos camelôs da Central do Brasil. As minas se aproximavam dele, insinuantes e sensuais, e rolavam uns beijos e esfrega-esfrega no paredão do baile.

Num desses bailes, certa vez, Caniço ficou com uma garota extremamente bonita e, como se diz, afetada nos trajes e cabelos. A noite inteira foi de muito beijo de língua e cheirada no pescoço. Lá pelas tantas da madrugada, Caniço, por insistência dela, acompanhou a garota até em casa, que ficava na favela do Chapéu Mangueira, onde, para acessar, era necessário avançar por uma pinguela estreita de madeira, por baixo da qual passava uma vala com detritos e lixos.

O moleque entendeu o que ia rolar. Embora suas cabeças estivessem cheias de cerva e trabalhadas na erva, eles estavam conscientes. A mina cantou-lhe a pedra: desde que saíra da casa da mãe, passou a morar com uma tia, que tomava conta de seu filho quando ela metia essas saidinhas. No sapatinho, dava para transar lá. Àquela hora, ela lhe disse, a tia e o filho estariam dormindo. Entrariam no barraco com o andar de gatos, indo até o quartinho dela para uma transadinha básica, e antes de clarear o dia,

Caniço deveria meter o pé, para a tia não acordar e pegar os dois no ora-veja.

Após esse acerto, eles entraram. O breu era geral. Ao fundo, o som de um ronco muito estrondoso. Por mais cuidado que tivessem, o piso de tábuas não colaborava. Chegaram, com muito custo, ao quartinho, um ambiente completamente desprovido de luxo ou conforto. A cama era um arremedo de caixotes de madeira, semelhantes a paletes, com um colchão por cima. Em um canto, um armário em franca ruína, com um lado com porta e outro sem. Viam-se roupas dela e da criança por todos cantos. O olhar de Caniço deu uma circulada: havia frestas iluminadas nas paredes e no teto, tudo projetado pela luz da rua. Ao lado do armário, uma pequena janela de ripas atravessava uma visão do terreno, enxovia de outros barracos e casebres.

Após observar tudo, Caniço foi agarrado e lançado, na pressão de braços esfomeados, sobre a cama. Logo sentiu uma língua quente entrar pela boca, ao que correspondeu com certa satisfação. Em instantes, ficaram nus da cintura para baixo. Sob o ranger da cama, ele propôs irem para o chão, para evitar o barulho. Os dois já suavam pela compressão dos corpos. As posições de pernas e braços de um e de outro se alternavam. Pareciam dois amantes bem conhecidos, embora estivessem tendo, naquela noite, seu primeiro encontro.

CAPÍTULO 2

O dia estava para clarear quando Caniço foi acordado quase aos solavancos. Mesmo assim, foi embora sorridente. A manhã desse dia foi a mais radiante para ele, depois de tantos perrengues passados. Pensava solenemente na noite anterior, na adrenalina vivida ao adentrar a comunidade em plena madrugada, sob a luz do luar, que iluminava o casario.

Era hora de descolar um café com pão para forrar o estômago. Com a cara amarrotada e os cabelos desalinhados, seguiu pela orla do Leme atrás de uma padaria. O sol começava a tomar conta do céu. Na praia, um grupo de frequentadores se aglomerava em volta de uma barraca armada estrategicamente no centro da areia, cuja dona pusera, em alto volume, um pagode do Zeca Pagodinho. No mar, crianças brincavam alegremente. O mar, é verdade, desperta nas pessoas um senso de felicidade quase juvenil. Não há idade que não permita aproveitar o bater das ondas e o conforto das águas tocando os pés e o corpo.

Caniço resolveu tomar um banho de mar e se atirou na água apenas de shortão, sentindo na pele o efeito térmico do corpo molhado e frio. Não se demorou na água, não era muito fã. Ao sair, sentou na areia para se secar e decidir o que fazer da vida. Depois de tantos momentos especiais e surpreendentes – em todos os sentidos, incluindo a "fuga" do Padre Severino –, resolveu ir para a casa da avó em Padre Miguel. A favela de Moça Bonita sempre lhe causava surpresas, apresentava novidades, e ele, como uma espécie de turista acidental do subúrbio, percorria suas ruelas esburacadas e sujas, mas via isso tudo com a maior naturalidade do mundo.

Tomou o trem na Central do Brasil. A máquina corria sobre os trilhos desalinhados com certa dificuldade, rangendo a lataria enferrujada. Os vagões sacolejavam, e dentro deles os passageiros. Esse balançar amolecia o corpo de Caniço, que adormeceu solenemente, recostado em um dos bancos. Alaridos de vozes estridentes de vendedores ambulantes – ora oferecendo água, ora cerveja gelada, balas sortidas e amendoins torrados – se confundiam com o falatório de todos.

Por instinto, acordou exatamente na estação de Padre Miguel. Descia a passarela ainda com ar sonolento, contando os passos e medindo a distância. Ao atingir as escadarias, viu ao longe a quadra da Escola de Samba Mocidade Independente, onde foi saudado por um homem de dentro de uma barraca com jeito de birosca. Mais adiante, atravessou a praça Mestre André, após alcançar o Brizolão, e, sem mais demora, chegou à casa da parenta, que se encontrava porta afora, como se estivesse à sua espera.

Os cumprimentos foram pouco efusivos e nada afetivos, pela falta de laços e sentimentos. Quando o moleque passou por ela, a velha senhora apenas esboçou uma frase solta, que só fazia sentido para ela:

– Até que enfim...

Caniço, sem o ânimo habitual para esse tipo de conversa, pois teria que dar explicações de por onde havia andado, coisa chata para jovens da idade dele, seguiu barraco adentro para se atirar, de roupa e tudo, sobre a cama rangente, que aparentemente estava pronta para ele se deitar. Mal a noite chegou, já estava na porta do barraco a conversar com Paçoca, um pretinho franzino e baixo, seu amigo fazia alguns anos. Paçoca tinha esse apelido por vender o doce de amendoim nos sinais de trânsito e nos trens, onde era, rotineiramente, escorraçado pelos rapas da linha férrea.

O papo estava animado entre os dois. Paçoca, que soubera pelos jornais da fuga de Caniço do Padre Severino, o saudou pela ousadia. Caniço sorriu, e ao ver o entusiasmo do amigo, resolveu contar sobre suas aventuras – os botes pela cidade, as idas aos bailes, as queimas de baseado e as noitadas com as minas. O amigo arregalou os olhos e riu, mostrando a falha de um dente.

Paçoca pouco ia para os lados do Centro ou da zona sul, preferindo circular pelas redondezas, nas imediações dos bairros vizinhos, onde também dava seus botes e fazia suas vítimas. Mas ficou supercontente, admirado com o que entendia ser o progresso do outro, em quem percebia um líder natural.

Após tanta conversa e risadas, os dois se despediram com apertos de mão cordiais e tapinhas nas costas. Aproveitando que estava do lado de fora, Caniço resolveu dar um giro pela área, para se familiarizar com o terreno, no intuito de descolar um cigarrinho de maconha, pois já estava entrando na neura da abstinência.

Pouco mais de dez minutos depois, chegou à boca, que estava bastante movimentada. Era aniversário do chefe do tráfico, Ronaldo Conceição, também conhecido como Beiço. Tinha uns 26 anos e era chefe da boca de fumo havia três, tendo a herdado do antigo chefe. Caniço encontrou a rapaziada com o bicho já solto. No alto de um terreno bastante acidentado e íngreme, circundado por barracos, homens e mulheres se espalhavam numa louca algazarra de vozes e risadas. No lado mais alto ficava a casa do chefe, construída em local estratégico no terreno, de onde tinha uma visão privilegiada de toda a favela e sua movimentação, vendo quem subia e descia. Num dos cantos, à esquerda de quem sobe o íngreme barranco, um fogareiro crepitava à guisa de churrasqueira, queimando carnes, asas de frango e linguiças à vista. Um pouco mais acima, duas imensas caixas de isopor eram atacadas a toda hora pela bandidagem, que delas tiravam cervejas e energéticos, geralmente tomados juntos.

Enquanto a festa corria solta, regada pelo batidão do funk, os chamados "soldados" do chefão vigiavam a área para garantir o sucesso da festança, de forma a não dar mole a intrusos. Não por causa da polícia, não. Essa estava sob controle, e comia na mão de Beiço. Era parte do esquema, tranquilidade. A precaução, de fato, era para que as quadrilhas rivais – tipo a de Paulo Preto, de Senador Camará e seus comparsas – não se aproveitassem de ocasiões de bebedeira e drogas liberadas para atacar de surpresa, com o objetivo de assumir o ponto na mão grande.

Caniço logo se localizou. Dimenor, um tipo endiabrado, era seu amigo desde que ele chegara àquela região. Ao ver Caniço ali, todo espevitado, Dimenor se aproximou e, ajeitando uma pistola na cintura, abraçou o camarada, levando-o logo para a roda onde estava Beiço.

– Fala aí, Caniço... – disse Beiço, dando um toque de mão como cumprimento.

– Tudo na carreira, tudo indo, maior fé.

– Pode crer, pode crer – disse Beiço, olhando os trajes do moleque, o tênis e o calção de marca, e logo jogou: – Inda vou andar assim, nos panos – sacaneou o bandido. Todos na roda riram, no geral para agradar Beiço, que deu outro toque com o punho fechado na mão de Caniço, como forma de dizer que estava zoando.

Serviram para todos uma fila de branquinha. Depois de experimentar a droga, que sorveu sem perder o fôlego, Caniço fumou um cigarro de maconha, trazido na manha pelo amigo, assim como uma cerveja de 600, que ele bebeu no gargalo da garrafa mesmo. Em seguida, Dimenor o puxou para o lado e apontou na direção de uma moreninha bem esguia. Ela usava uma microssaia e uma blusa minúscula, quase um top, que chegava apenas acima do umbigo, onde se dependurava um *piercing* com uma minúscula miçanga. No mesmo momento, os dois se olharam e sorriram com alguma ternura. Sem demora, Caniço e Angélica entabularam uma conversa, e a garota mencionou a fuga do Padre Severino como se estivesse orgulhosa da ousadia e da ação.

– Li no jornal – disse ela, cheia de sorrisos e trejeitos, mostrando muito as canjicas perfeitas e brancas, que lhe davam aspecto jovial ao rosto. – Dimenor falou pra mim que vocês eram amigos. Eu nem acreditei.

Caniço não supunha que estivesse tão famoso assim, e olha que a "fuga" fora obra do próprio diretor, para ficar livre de parte das "pestes", como ele dizia. Sem pestanejar, e já de onda, resolveu tirar proveito da situação, dizendo, em tom sorridente:

– Você ainda não sabe dos detalhes...

– Ah! Conta, conta – entusiasmou-se ela, com a voz melosa e já tocando-o de leve no braço.

Um pouco atinado pelo tapa na branquinha, sem contar as sugadas no cigarrinho e os goles na cerveja, Caniço desenrolou uma conversa quixotesca com Angélica. Num ponto e outro, ela ria, e tinha por hábito, a cada vez que fazia isso, dar um tapa de leve sobre o peito dele, o que provocava uma aproximação maior entre os dois.

Enquanto Caniço desenrolava com Angélica, Dimenor abastecia o amigo com cerveja e churrasco. Esse gesto ajudou a alimentar na jovem de cabelos ondulados uma certa aura sobre Caniço, o que a animou ainda mais, causando aquele efeito de aproximação *versus* grude.

De repente, uma rajada de metralhadora regougou no céu da comunidade. Rajadas de fogos também rebentaram em várias direções, lançadas pelos comparsas fogueteiros. O céu nublado mostrava tons variados de fumaça, que, soprada pelo vento, provocava ondulações sob a cabeça de todos. Saudações estridentes, vozes em algazarra e música tomaram por completo o ambiente, que ficou ainda mais festivo e animado. Era chegada a hora de cantar os parabéns para o chefe, com direito a bolo e velinhas. A mãe de Beiço, Dona Matildinha, estava presente e comandava tudo. Era uma mulher valente, forte e corpulenta, que viera ainda criança do Norte. Ali, trabalhando como empregada doméstica em casas de família da Tijuca e da zona sul, fizera a vida. Conhecida por cozinhar bem, antes de o filho bandear para o crime – o que a entristeceu a princípio, mas depois ela aceitou –, era fazendo doces e salgados que engrossava a renda e sustentava a família, composta por outras três pessoas, sendo duas filhas e um neto, uma vez que o pai de Beiço morrera numa emboscada policial ali mesmo, em Moça Bonita.

O bolo, enfeitado com uma foto do aniversariante, foi posto no centro da mesa devidamente forrada e ornada para a ocasião. Dona Matildinha comandou tudo para acender as velas e cantar os parabéns, com o poder de uma matriarca. Beiço ficou em posição, sob a ordem da mãe, sempre muito ouvida e respeitada. Junto a ele chegaram as irmãs e o sobrinho, seguidos de suas duas namoradas, que aparentemente se entendiam. Próximo dele e da mãe, o gerente da boca, Cachimbo, e o seu braço direito, Serenidade. Ao redor, a cambada toda, muito bem armada e cheia de grau na mente.

Foi quando, surpreendentemente, Beiço gritou na roda o nome de quem? De Caniço, é claro, que se entretinha alegremente com Angélica.

– Aí, chega mais, vem fortalecer a situação – disse o chefe, no que teve imediato apoio da mãe, que já conhecia a figura de Caniço e de Dona Maria Fernandes, sua avó.

O moleque correu para cumprir a ordem, deixando Angélica boquiaberta. Serenidade também o olhava atentamente, chegando a cochichar ao pé do ouvido de Marquinho Negão, seu imediato no crime e nos negócios da organização.

– Que tipo de parada Beiço viu na porra desse aprendiz de delinquente?

– Popará, Serenidade, popará! – foi logo dizendo Marquinho Negão, cortando a neura do sempre desconfiado parceiro e amigo. – Hoje é aniversário do chefe. Depois a gente tira essa parada a limpo, caralho.

– Meu caralho! – respondeu o outro, dando uma coçada no saco e metendo na garganta um gole da cerva.

– Cara, não aluga a minha mente. Beiço gosta de proteger os parças da área. Vai por mim, é parça...

– Ei! Ei! – estrilou Dona Matildinha, pedindo silêncio para a oração do pastor, seu compadre.

Os parças de Beiço e os convidados ficaram rapidamente caladinhos. A mãe entoou uma reza bastante melódica, de mãos postas, acompanhada pelo orador e por vozes desconexas, vindas de homens e mulheres cujas bocas estavam acostumadas apenas a falar gírias, xingar grossos palavrões, insultar, tramar façanhas, assaltos e mortes, ou a murmurar dores e mazelas.

Dona Matildinha não era de brincadeiras. Mestra em colocar as coisas em ordem, assim ficou, durante anos, sendo a queridinha das patroas. Sob o menor sinal de arruaça e ameaça à sua autoridade, partia pra dentro com o que encontrasse pela frente, até ouvir um pedido de desculpas.

O covarde assassinato do marido a transformara em uma mulher de couraça impenetrável. Não era nova nem velha, mas mediana tanto na idade quanto na aparência, com o cabelo sempre tratado a gel e creme. Sua maior tristeza era não ter feito de Beiço outro homem, dentro da lei, com estudo e profissão. Sonhava transformá-lo num eletricista e lamentava todos os dias as escolhas do filho, mas ao mesmo tempo se conformava.

A morte do pai só aguçara o caminho do crime para Beiço, causando um efeito reverso: jovem e inexperiente, revoltou-se e quis ir à forra, obcecado por vingança. Chegou a procurar Celsinho da Vila Vintém, famoso bandido da região, e como um soldado, juntou forças e armas até mandar para a vala o responsável pelo crime, um ex-policial que havia sido expulso da corporação.

O pai, Valdeniro, ou Val, mesmo com todos os defeitos, era um herói para ele.

No tempo da escola pública, onde não completou nem o Ensino Médio, o *hobby* predileto de Beiço era furtar livros da biblioteca para vender a um carinha na esquina do Ponto Chic, onde havia um sebo. Tinha fascínio pelo livro *A montanha mágica*, de Thomas Mann, que aliás não chegou a ler, mas que lhe chamava a atenção pelo fato de ser grosso.

De furto em furto, Beiço partiu para o roubo, depois para o consumo e a venda de maconha, depois para as drogas pesadas, e daí, num salto, para o crime organizado. Celsinho tinha sido enjaulado, como outros comparsas seus. Restou a Beiço, como alternativa, meter o pé e enfileirar sua própria tropa. Deixando a favela de Vila Vintém, armou sua fortaleza em Moça Bonita. Suas ações eram meticulosamente articuladas e planejadas, o que atraiu um grupo de jovens decididos e determinados, irmanados, assim como ele, pela tragédia da vida.

Agora estava ali, na presença da mãe, da família e de toda aquela gente em torno dele, festejando seu aniversário. Gente fiel, alegre e – o melhor de tudo – pronta para caminhar cegamente ao seu comando.

Assim que findaram os parabéns, em meio ao funk, à algazarra de vozes e aos "Viva Beiço", outra salva de tiros ribombou no céu, seguida de mais fogos de artifício.

O primeiro pedaço do bolo, cortado por Dona Matildinha, foi entregue ao filho, acompanhado de um "Deus o ajude" e "Tenha juízo". Os seguintes, também cortados por ela, foram entregues às filhas e ao neto. Feitas as honras da casa, a matriarca delegou à filha mais velha, Claudirene, a tarefa de repartir o restante, que cobria quase a mesa toda. Aos poucos, todos foram ganhando seus pedaços. Nesse ínterim, Beiço fez uma entrega especial às namoradas, Flaviene e Carlinha, que tinham quase a mesma idade, entre 18 e 20 anos. Ansiosas, as duas ganharam suas fatias ao mesmo tempo, assim como um selinho. A mãe achava aquilo o fim do mundo – logo ela, que era evangélica. Beiço hesitou para entregar a próxima fatia. Alguma coisa lhe perturbou a orientação, e ao girar a mão que segurava o pratinho de um lado para o outro, fez um suspense. Até que se decidiu, um pouco atônito.

– Toma, esse é pra você. – Estendeu o pedaço para Caniço, que sequer estava ligado no lance.

– Valeu! – disse o moleque, apenas, sorrindo e meio espantado com o lanche.

Muitos comparsas se entreolharam, procurando alguma ligação naquela mensagem do chefe. Proteger um garoto que a turma mal conhecia simplesmente por ter morado na favela, ou por ter pegado cana na casa de correção, não era o bastante.

Sem se preocupar em dar explicações sobre seus atos, como sempre fazia, Beiço deu como encerrada a tarefa de distribuir bolo e ordenou que o som continuasse, pedindo que tocassem muita música e distribuíssem mais cerveja gelada, pois o isopor estava supercheio.

Ato contínuo, Serenidade retirou-se da festa com cara de poucos amigos, lançando longe, de encontro a uma grande pedra, uma garrafa de cerveja. Marquinho Negão o seguiu incontinente, preocupado com o parceiro, levando consigo mais dois ou três homens, soldados sempre alertas, que se destacavam em um canto do terreno.

Após aquela exibição gratuita de cortesia, Beiço chamou Caniço num canto. O moleque sentou-se ao lado do chefe, acompanhado de Angélica, cada vez mais fascinada e eletrizada por estar vivendo aquele momento.

– Essa mina canta pra caralho, Caniço. É funkeira de mão cheia, de responsa – disse o bandido.

O moleque voltou os olhos para a garota, agora de forma ainda mais admirada.

– Que isso, Beiço, só arranho! – disse a gata, toda melosa, rindo à solta.

– Beiço – disse Caniço, acanhado –, valeu aí. Que festa maneira, na moral!

– Porra, essa é nossa brincadeira – respondeu o chefe. E então, mudando o tom de voz, já meio grogue pelo efeito do álcool e do pó, completou: – Taí, chegue quando quiser. Melhor: por que você não se junta com a família? Já soube das suas façanhas lá no instituto e aí pelas ruas. Não pode dar mole, senão te passam – concluiu Beiço, com ares de quem tava na altura de dar algum conselho.

– Tô sabendo, Beiço, tô ligado... Tenho sido bastante cauteloso nas minhas paradas, e minhas ações visam só o meu sustento e da minha avó.

Mentiu com relação à avó, mas o bandido nem pescou. Angélica estava nas alturas. Como toda garota de comunidade ou de favela, ter proteção, ter alguém que a bancasse, sobretudo nas vaidades, era o que mais almejava.

Beiço gostou do lero-lero do moleque, que já estava com um fiapo de bigode na cara. Sendo um bandido novo, o chefe era maneirão, papo reto, não tinha frescura, como certos bandidos camaradas do mundo do crime. Parecia ter admiração por Caniço, que conhecia de vista e, até então, pelos noticiários dos jornais. A cara de Caniço circulara solta por ali, onde era cria e tinha a casa da avó como base de pouso, usando-a quando queria sair da muvuca do Centro ou dar um tempo das agitações, ficar longe das "vistas". A presença do moleque pareceu-lhe uma surpresa boa, pois tudo estava fresco em relação às notícias sobre ele.

Olhando para Caniço, Beiço pensou no que a mãe uma vez lhe dissera, depois de entender que tirar o filho do mundo do crime era uma batalha perdida: "Meu filho, esse cabrinha é bom, pode ser muito útil para você". No caso, ela falava de Serenidade, agora seu braço direito. Talvez por isso Beiço tivesse gostado tanto de Caniço, convidando-o a fazer parte da "família".

A festa consumiu parte da noite. O funk marcava forte presença, sobretudo nas batidas, que martelavam as caixas de som. Uma roda foi montada. Alguns homens, despidos de suas pistolas e seus AR-15, dançavam animadamente no ritmo de Tati Quebra Barraco ou MV Bill, considerado o rapper sangue-bom da rapaziada. Angélica não se segurou e entrou na roda também. Dançava gingando, mexendo os ombros e a cintura, ora segurando a microssaia para não subir. Com ela rivalizava Pretinha, que contrastava por ter o rosto fino e trancinhas nos cabelos. A homarada babava ao ver as duas dançando animadamente.

Antes da meia-noite, Caniço deixou a festa. Despediu-se de Beiço com um aperto de mão e um toque de punho fechado, de Dona Matildinha e Dimenor com efusivos cumprimentos de gratidão, e do restante da rapaziada – incluindo as minas e mulheres presentes. Quando chegou a vez de Angélica, ela o segurou por uma das mãos e o encarou com aqueles olhos brilhantes, retocados à base de sombras.

– Posso ir com você? – pediu ela, cheia de delicadeza, tirando qualquer reação de Caniço, que sorriu com aquela cara de quem diz "era tudo o que eu queria".

Os dois estavam na festa desde cedo; na verdade, chegaram quase juntos. Nem perceberam a hora passar. Após o pedido de Angélica, ele a olhou de um jeito especial – talvez com alguma espécie de carinho? –, e os dois deram as mãos. Os dedos logo se entrelaçaram. O amigo Dimenor, sempre vigilante, com sorriso maroto, fez sinal de positivo com o polegar, aprovando a parada.

As ruelas da favela eram mal iluminadas e esburacadas, como sempre. Vozes zuniam dos barracos, mesmo os mais distantes, mas eram poucas. Não era possível dizer se vinham da televisão ou de pessoas conversando – o mais provável é que fossem ambas as coisas. Ao longe, latidos de cachorros e cricris de grilos.

Atingiram as proximidades da casa de Angélica, onde as biroscas ainda ferviam de gente – homens, mulheres e algumas crianças. A garota morava para os lados da Escola de Samba Mocidade Independente, direção oposta à da casa da avó de Caniço. Seguiram juntinhos, animados pela conversa, que era entrecortada pelas gargalhadas que davam. Há alguns passos do barraco dela, deram uma parada. Aproximaram-se um do outro. As cabeças foram se juntando, os olhos se encontrando, e os lábios se tocaram. Os corpos se uniram pela força dos braços, que os puxaram um para o outro. O contato foi imediato. Uma espécie de corrente elétrica parece ter atingido órgãos e mentes. As respirações logo começaram a ficar ofegantes à medida que os beijos se intensificavam. Encostados em um muro, longe da vista dos passantes e sob uma escuridão providencial, o casalzinho se entregou aos beijos, o que só se explica pela fúria da paixão.

Ficaram por ali boa parte da noite, numa grande pegação, a quase perder o fôlego no esfrega-esfrega. Sem terem muito o que fazer por falta de espaço e da zanga da mãe de Angélica, que mandava que ela entrasse, se despediram.

Quanto mais se distanciava, mais Caniço sentia vontade de regressar, a vontade grande, premida dentro do short, enquanto Angélica o observava à distância, com sede de quero mais. Já era tarde da noite, a agitação das ruas diminuíra bastante, mas nunca acabava: tinha sempre alguém por algum canto, conversando, bebericando e andando de um lado para o outro, sem serem incomodados. Caniço chegou em casa pisando nas nuvens. A avó estava dormindo com a televisão ligada, recostada no velho sofá da sala. Devia estar ali de butuca, esperando para ver a hora que ele ia chegar, e acabou pegando no sono. Acordava cedo, tomava seu café e saía para entregar as roupas que lavava para as patroas. A falta de uma perna dificultava o andar. Um carrinho, tipo os de fazer feira, a ajudava na entrega do serviço, que era mais custoso quando tinha que atravessar a passarela da linha do trem.

Em todo caso, Caniço entrou sem ser notado e não despertou a velha parenta, deixando-a onde estava, meio torta, desajeitada, no mesmo canto em que a encontrou. E ele, embora tivesse participado do churrasco de Beiço e enchido o rabo de cerveja, foi direto pra cozinha, onde forrou o bucho com um senhor prato de arroz e feijão. No quarto, sua noite foi embalada por belos sonhos.

CAPÍTULO 3

Caniço acordou por volta das onze da manhã. Após um robusto café com pão e manteiga bem caprichados, deixou o barraco da avó rumo à cidade. A velha já não estava; não tinha a menor ideia da hora que ela havia saído. Mas, como o carrinho de feira não estava no local habitual, sabia que ela tinha ido pros trampos de sempre.

A estação Central do Brasil estava tomada de gente, que trafegava em várias direções: do Campo de Santana à Casa Histórica de Deodoro, atravessando a avenida Presidente Vargas e na direção do túnel João Ricardo, como quem vai também para a Cidade do Samba. Caniço resolveu seguir na direção do túnel, atravessando-o pelas laterais, onde tinha um caminho para pedestres. Saiu na altura da rua do Livramento, ganhando o caminho pelos velhos sobrados e ruas mal conservadas a fim de alcançar o píer Mauá, cruzando em frente ao prédio do Jornal do Commercio e indo dar no destino desejado, onde chegaria na base de dez a quinze minutos.

De relance, pela televisão da casa da avó, soube que um navio cheio de turistas havia atracado ali no píer, cuspindo otários estrangeiros. Seco para descolar um qualquer, Caniço não via a hora de morder alguém. Precisava, apenas, ficar bem ligado. O local, ele sabia, era próximo das polícias feras, Polinter e Federal, portanto campo altamente minado. Mas o píer em si parecia tranquilidade. Ao projetar uma visão no entorno, logo comprovou. Pela rua, taxistas fissurados por passageiros, principalmente estrangeiros, e o povo largado nos pontos de ônibus e vans. Os turistas, no entanto, pareciam perdidos e abestalhados diante das primeiras visões da Cidade Maravilhosa.

De frente para o píer, do lado oposto da rua, Caniço observava o movimento. Pensou: "Ah, se o Sem Memória estivesse comigo". Nessas horas, estar com alguém como ele fazia toda a diferença; o moleque era endiabrado e bom de manha. Mas ele não estava, então, Caniço precisava agir com cautela. Ninguém ainda tinha se dado conta dele do outro lado da rua. Resolveu esquecer a pressa e aperfeiçoar a estratégia, mas sem se precipitar. Só assim, raciocinou, saberia reconhecer uma boa chance e investir nela.

Foi quando, num relance, viu um homem de meia-idade, de certo um turista, todo atrapalhado e cheio de malas, sem que ninguém o percebesse. A fila dos táxis estava gigantesca devido à chegada, ao mesmo tempo, de dois outros transatlânticos, deixando muitos passageiros sem veículo e sem atendimento. Resolveu, então, dirigir-se para a cena do crime. Entre a aglomeração dos muitos turistas – praticamente abandonados à própria sorte –, Caniço entrou em ação, abordando o tal gringo de meia-idade com a agilidade peculiar e a maestria que já lhe davam alguma fama no meio da gatunagem.

Carregando no linguajar cheio de mesuras para disfarçar a gíria das ruas, o moleque conseguiu se entender facilmente com o gringo, um espanhol, que o viu a princípio como um ajudante do lugar. Caniço soube desenrolar com o sujeito, que tinha pinta de boa-praça, sem aquelas afetações de medo e pavor que acometem os turistas em terras cariocas. Tadinho. Daí a ter em mãos suas malas e pertences mais pesados, não foi muito difícil. Sagaz a toda prova, Caniço logo descolou um carro grande e novo de praça para atender o espanhol, cujo destino era o hotel Copacabana Palace, na zona sul da cidade. Ao embarcar o homem, empurrando suas malas para o compartimento de bagagem do automóvel, imaginou descolar uma gorjeta e ficar por ali faturando mais uns trocados, já que o local estava polvilhado de turistas. Mas, quando ia estender a mão para cobrar o trabalho, Caniço foi surpreendido por um inusitado convite.

– *Eres un buen tipo. Puedes guiarme al hotel y ayudarme a caminar por la playa* – falou o estrangeiro, que se chamava González, em uma espécie de portunhol de terceira, completamente iludido e tentando se entender com o moleque.

Caniço deve ter compreendido alguma coisa daquele sotaque tão familiar nas areias da praia, onde circulava gente de toda parte do mundo. Não pensou duas vezes e se enfiou carro adentro com González, sentando-se no banco da frente, com seu típico sorriso sarcástico. De certa forma, estava feliz. Logo ele que, quando teve uma oportunidade de andar de carro na vida, o fez de camburão, levado pela polícia.

O taxista lançou sobre Caniço aquele olhar de desconfiança e suspeição. Para ele, experiente na vida de motorista e em lidar com o povo da rua, aquela relação não ia dar em boa coisa, sobretudo em um lugar como Copacabana. Mas deixou passar, afinal, seu dever era apenas o de conduzir, de ganhar seu dinheirinho suado – e bom dinheiro, ainda mais com aquele taxímetro viciado –, nunca dar opinião ou fiscalizar as atitudes da vida alheia, fossem elas consideradas certas ou erradas.

Caniço, sentado no banco da frente, ia olhando a cidade por um ângulo que ele mesmo não conhecia, já sem se importar com a cara amarrada do motorista. Estava relaxado. No entanto, não tinha ainda a menor ideia de como se daria bem naquela situação. Sabia, apenas, que precisava faturar alguma grana para forrar o estômago à noite e comprar algo para cheirar ou fumar.

No banco de trás, o espanhol parecia encantado com tudo o que via. Ao chegar à orla, desde a altura do Aterro do Flamengo, seu encantamento aumentou a ponto de se ouvir seus estridentes ruídos de entusiasmo.

A chegada à porta do hotel luxuoso causou uma espécie de calafrio em Caniço; sua cara parecia a de alguém necessitando largar um barro. Jamais passara por sua cabeça estar em uma situação tão inusitada, mesmo para um frequentador da zona sul como ele, que já tinha ido inúmeras vezes para aquelas bandas. Mas aquele era um lugar diante do qual não estava acostumado a passar na frente – quando muito, andava do outro lado da calçada, sem nunca se atrever a parar ou entrar no hotel. A presente situação era inédita e inesperada. Pela primeira vez, ficou pálido diante de um desafio. O motorista reconheceu seu desconforto. Mas, como sempre, apesar da idade, coragem e atitude nunca lhe faltaram: como quem já havia passado por vários perrengues, resolveu encarar a coisa como mais uma missão de sua acidentada vida.

Até a entrada no hotel deu-lhe certa adrenalina, uma aceleração nos batimentos naquele lugar do peito. As mãos suavam. Ele não sabia se ajudava a pegar as malas ou se picava a mula dali. E se alguém o reconhecesse? De short largo e camisetão, ambos coloridos, e tênis relativamente novos, com a cara já sem o amarrotado de noites mal dormidas, Caniço, ao menos desta vez, destoava do povo abandonado das ruas do Rio de Janeiro, em geral descalços, sem camisa e com a feição de esfomeados. Num golpe de sorte, naquele dia ele não estava assim.

O espanhol, ao contrário do taxista, não percebeu o desconforto de Caniço e agiu com a desenvoltura de um turista acostumado a viagens e àquele tipo de procedimento. Quando chegou ao balcão, diante da recepcionista, reparou que o garoto estava praticamente fora do saguão do hotel, num misto de entra, não entra. A um gesto seu, Caniço deixou a resistência de lado e entrou, não sem antes receber olhares de todos que estavam no ambiente, principalmente dos seguranças. Os funcionários, incluindo a recepção, perceberam então que havia alguma ligação entre o hóspede e o menor e se tranquilizaram. Depois de algumas confabulações com a atendente, que incluíram dedos apontados na direção de Caniço e a entrega do cartão de crédito por González, a coisa se resolveu.

Livre de todos os impertinentes, o moleque ficou aguardando, estatelado num canto, enquanto o turista terminava de preencher a ficha e receber o cartão-chave de acesso à suíte. Ao ter o Ok de liberação, González dirigiu-se a Caniço, sem que este tivesse a menor noção do que sairia da boca do gringo.

– *Entonces, muchacho, te vas o te quedas?* – perguntou ele, como se falasse com um amigo, e praticamente puxou o moleque pelo braço, ao mesmo tempo que despejava sobre ele uma sacola que estava a mais em suas mãos.

Caniço empalideceu. Num repente, pensou mil bobagens e, sem raciocinar direito, resolveu responder qualquer coisa.

– Está bem...

– *Entonces, vamos!* – concordou González, tomando o rumo dos elevadores, tendo Caniço, ainda entre curioso e espantado, nos seus calcanhares. – *No te preocupes, ya lo he arreglado todo com la recepcionista* – completou, esfregando o indicador no polegar para indicar "dinheiro".

Na cabeça de Caniço, aquilo era como um sonho. Os parças da rua jamais acreditariam naquela parada: ele, dentro de um hotel de luxo, na companhia de um gringo cheio da grana. Caralho, vai se foder!

Já dentro da suíte, González pôde examinar direito os trajes do jovem acompanhante: tênis de marca, short largo nas coxas e camiseta com estampa colorida na altura do peito. O olhar do gringo foi perscrutador, mas terno, sem recriminação, outro espanto para Caniço. Aquele ambiente era tudo de bom, pela beleza e pelo luxo, algo só visto por ele em filmes na televisão, pois cinema não era seu forte. Mesmo assim, capitulou, ou, como se diz nas gírias, pegou a tal da visão.

O ajudante do hotel, após deixar as malas na suíte e receber sua gorjeta, saiu sorridente, fechando atrás de si a porta requintada, de madeira escura e envernizada no capricho. González foi logo se atirando em um dos sofás confortáveis, adornado com pequenas almofadas, e, com gestos, foi mostrando para Caniço todo o aposento. Diante de tanta afabilidade, à qual não estava afeito, o garoto começou a desconfiar, repetindo mentalmente:

"Caralho, não existe almoço grátis" e "Puta merda, esse puto só pode ser boiolão".

Ainda sem saber direito o que fazer, resolveu dar uma espiada na varanda, de onde avistou a praia de Copacabana, com o calçadão bastante movimentado, e a piscina do hotel, onde frequentadores tomavam o sol do fim da tarde. Ficou espantado com toda aquela beleza, ao mesmo tempo que temia se meter em uma grande furada, em seara de peixe grande. Nem nos seus mais loucos sonhos imaginou um dia estar em um ambiente daqueles, próximo de pessoas tão chiques, sem que elas de alguma forma o temessem ou o denunciassem. Mesmo assim, sua cabeça agitava-se, e seu coração parecia prestes a pular pela boca. Resolveu ficar calado para isso não acontecer.

De repente, uma mão boba e macia roçou seus ombros de maneira carinhosa. Caniço se assustou. Teve, na verdade, uma sensação bastante estranha, mas, vivido nas ruas, compreendeu logo o código. Tentou disfarçar, olhando para o lado, mas o gringo estava lá, bem colado nele, espiando-o de uma maneira que até então não havia percebido. Concluiu, categórico: "O cara é guei, só pode ser". A partir dessa deixa, começou a se dar conta dos trejeitos do galego: o jeito que movia as mãos, que tocava os objetos ou mexia nos cabelos, ou mesmo o modo que se sentava, a forma como dizia algumas frases e palavras, com aquele tom carregado, sibilando e forçando bastante as sílabas, como quando dizia seu nome: "Canniçú".

Caniço, no entanto, que já estava agitado diante de tanto luxo, passou a ficar de butuca em função da viadagem de González. Estava acostumado a sair com gays para sustentar o vício, a bebida, ou para matar a fome, mas, desta vez, o ambiente o inibia, e ele não sabia se cedia ou caía fora. Aquilo era diferente de tudo o que já tinha vivido.

Caniço deixou a varanda e atravessou a ampla sala rumo ao frigobar. Quando o abriu, a surpresa: estava repleto de bebidas, de cervejas a refrigerantes. Sobre a geladeirinha, algumas guloseimas, com destaque para barras de chocolate e sacos de amendoim. Era coisa de patrão, como se dizia nas suas rodas. Resolveu atacar de cerva de nome esquisito e abrir um saquinho de amendoim. Estava com o estômago apertado, e nada do gringo abrir os trabalhos com algum pedido.

Deixando a varanda em direção à sala, González avisou Caniço que iria tomar um banho, pois, segundo suas palavras, estava "grudando de tanto suor", "pegajoso", o que dizia em um portunhol carregado para tentar, cada vez mais, se fazer entender. Ele fez um sinal para Caniço ficar à vontade e se servir do que quisesse; inclusive, se desejasse algo diferente, que não encontrasse ali na suíte, bastava ligar para o restaurante que o garçom entregaria no quarto. Antes de deixar a sala, então, passou o cardápio para as mãos de seu hóspede.

O moleque não entendeu bulhufas, mas também não perdeu tempo. Cheio de fome depois de uma manhã inteiramente perdida naquele reme-reme sem fim, paparicando quem mal conhecia e sem a certeza de que descolaria um qualquer, resolveu cair de boca diante de tanta coisa de primeira, pois, se nada rolasse em termos de grana, pelo menos sairia dali com o estômago forrado.

Enquanto Caniço comia e bebia a cerveja, que achou meio amarga, com os pés estirados sobre o pequeno sofá bege, González tomava tranquilamente seu banho dos deuses no espaçoso banheiro da suíte. Mesmo de longe, ouvia-se sua voz melosa cantarolando, com seu sotaque galego, uma música que certamente Caniço desconhecia, porque seu repertório musical era o funk e outras melodias oriundas das comunidades e favelas, especialmente dos morros da cidade.

Estava ali, sentindo-se no paraíso, mas de quando em vez sua ideia nublava, voltando-se para a encrenca em que podia estar se enroscando. Mas, de repente, num átimo, pensou naquele luxo e naquela riqueza, no quanto o poder do dinheiro podia oferecer ao mundo e às pessoas.

Admirou-se tanto com a beleza do ambiente que resolveu observar as pinturas, as louças, a tapeçaria, os vasos com arranjos florais, as silhuetas das poltronas e das cadeiras Luís XV, além do cortinado e das venezianas. Jamais tinha visto aquilo! Enquanto isso, o barulho da água corria solto no banheiro, misturado ao cantarolar de González, denunciando que o estrangeiro aprovara o banho e que dele não sairia, pelo menos, na próxima meia hora.

Sem ter mais o que fazer depois de tombar três *long necks* bem geladinhas, fora todos os saquinhos de amendoim e as barras de chocolate que encontrou pela frente, Caniço resolveu dar um confere no apê. Comparado de longe ao barraco da avó Maria Fernandes, aquilo era um oásis em dimensão e requinte: um espaço gigantesco de 165 m², com cama *king size* e vista para a praia. Para quem apenas passou a vida dentro de favelas, abrigos de menores infratores, casas de correção, bancos de praças e marquises de prédios em centros urbanos, essa era uma espécie de coroação pelos seus anos de pilantragem, algo que ninguém de seu grupo imaginaria um dia alcançar.

Andando de uma ponta à outra de forma silenciosa, cruzando ora o sofá, ora as cadeiras felpudas, chegando até o corredor que dava acesso ao quarto, Caniço percorreu um mundo. Foi espiá-lo, curioso, aproveitando a porta semiaberta. O quarto era um luxo só; com isso, imaginou logo como seria o banheiro, e mal sabia ele que dentro havia uma banheira e um lavabo, ambos branquíssimos. Logo ao meter a cara porta adentro, escutou o farfalhar da água e o cantarolar desafinado, mas alegre, do gringo, que tinha uma voz estridente e horrorosa. Aproveitou o lance para dar uma espiada no interior do aposento. A curiosidade era imensa. Só então observou a amplidão do lugar: cama bem larga, armários embutidos com as portas todas trabalhadas em pequenos entalhes e frisos de prata, penteadeira com espelho adornado nas laterais, tapetes coloridos e macios, abajures por todo canto, inclusive em cada lado da cama, sob a cabeceira. Atrás da cama, uma parede de espelhos, com luzes contornando a decoração. Ao fundo de tudo isso, o banheiro da suíte, com uma ampla porta de correr de vidro fosco, de onde só se via, naquele momento, o esfumaçar do calor da água, que provocava uma espécie de neblina naquela parte do ambiente.

– Caraca, que porra é essa! – sentenciou Caniço, num contentamento sem limites.

Logo após a espiada, aumentou sua curiosidade. Entrou no quarto, e tudo aquilo que viu pela porta ampliou-se ainda mais. Olhou novamente todo o redor, tendo o cuidado de não fazer barulho para não chamar a atenção de González, que continuava a extravasar sua alegria no banheiro. No quarto estavam as duas malas de González, uma das quais estava entreaberta. Deu uma espiadinha intrusa ao se aproximar mais e mais da cama. Ao mesmo tempo que assim procedia, mantinha-se atento à movimentação do banheiro, que continuava com a agitação de antes. Não resistiu e resolveu dar uma sentadinha para testar a maciez do colchão e a textura das cobertas.

Foi quando reparou, na parte superior da cama, próximo a um dos travesseiros, um volume de documentos. Com sua visão de ave de rapina, se tocou que eram os documentos do gringo – passaporte, canhoto dos bilhetes da passagem do transatlântico, propagandas do hotel e uma carteira de couro. Caniço não pensou duas vezes. Voou na carteira e, com a mão acostumada a afanar em situação mais difícil, ele a abriu. Dentro dela, entre outras coisas, documentos dando conta que o nome do gringo era Mario González, cartões de banco, e o melhor: várias notas de dinheiro brasileiro e europeu.

– Porra, caralho, minha mãe! – sussurrou eufórico, agitado, mas sem extravasar a ansiedade. – Tô forrado.

Ao mesmo tempo, pensou no espanhol, que se banhava calmamente, como se tomasse a ducha de uma vida, ou quase. Sem pestanejar na ação a ser tomada, pensou que aquela era a melhor oportunidade de se dar bem, já que até aquela hora o gringo não havia demonstrado para ele nada além de docilidade e sorrisos. A dúvida era: como sair dali e driblar os seguranças do hotel, um bando de negões de um metro e tal de altura, sempre dispostos a quebrar qualquer um no meio sem dó nem piedade?

Entre ficar e ter uma provável transa com González ou ser pego pelos seguranças, algo que parecia bastante iminente, optou pela segunda opção, apesar do risco. Se fosse pego, seria como ladrão, até porque não tinha certeza se ia descolar uma grana caso transasse com o espanhol. Poderia ser engambelado, coisa muito fácil de ocorrer, quase rotina: depois de servir e ser servido, teria como paga um lanchinho, como se fosse um morto de fome. "Vai pro caralho, tá ligado? Seja qual for", pensou, e resolveu meter o pé. Camuflou o dinheiro dentro do short e, após dar uma última olhada no movimento do banheiro, que parecia estar chegando ao fim, picou a mula apartamento afora. Estava agitado ao fechar a porta da suíte atrás de si. Acionou o botão para chamar o elevador. Dúvidas de qual botão apertar e o medo de ser apanhado pelos seguranças quase o fizeram urinar-se todo. Como o elevador veio de um andar superior, ao parar estava com uma lotação média. O ascensorista era o mesmo que havia subido com ele e o estrangeiro. Caniço recebeu uma olhada furtiva, acompanhada de um sorriso zombeteiro. Os demais ocupantes não se importaram com sua presença. Não chegou a ter dificuldades quanto ao acesso ao elevador, apesar da tensão que sofria devido às constantes paradas. Foi no saguão do hotel que a coisa quase ficou feia. Na pressa, Caniço quase ia deixando o dinheiro descer por entre as pernas, o que certamente queimaria seu filme.

Atravessou o saguão formado com um corredor de homens parrudos de terno azul-escuro, o que o fez, outra vez, temer ser pego. Não dava para perceber, mas estava suando frio. O mesmo olhar zombeteiro dado pelo ascensorista repetiu-se com os seguranças no saguão. Dois deles quase ameaçaram pará-lo, mas, em função da chegada de outros hóspedes naquele exato momento, se contiveram.

Caniço se sentiu aliviado quando botou o pé para fora do hotel e ganhou a rua, que ainda tinha o clarão do dia pela frente. Alcançou a calçada de pedras portuguesas; em seguida, atravessou a rua que dava para a praia e desapareceu em coisa de segundos. Só então a portaria recebeu uma ligação, vinda do apartamento de González, na qual ouvia-se uma voz engelhada, fria e lamentosa, perguntando se Caniço havia deixado o hotel ou se estava lá por baixo, talvez na piscina, talvez no restaurante. Dada a informação de que ele havia acabado de sair e confirmado o roubo ocorrido dentro do apartamento, apenas ouviu-se da boca de um dos meganhas que tinha pensado em parar o moleque à porta:

– Filho de uma puta...

Ao contrário do que se poderia imaginar, quando os funcionários do hotel chegaram ao quarto, Mario González estava calmo. Constatou que o principal havia sido deixado: o passaporte, os bilhetes do transatlântico, a carteira de identidade e o melhor, os seus cartões de crédito. Estava agitado, mas não desesperado. Pôde verificar, camuflado em um bolso secreto da mochila de mão, que o grosso dos seus euros estava todo lá, malocado e intocado. Conferiu o dinheiro com certo alívio. Estavam salvos os seus dias de Rio de Janeiro. O que Caniço havia levado, além de trezentas pilas em dinheiro brasileiro, foi por volta de duzentos euros. Não era grande coisa assim para ele, empresário em seu país. Depois do susto, deu-se conta de que estava vestindo apenas uma toalha branca, enrolada da cintura para baixo.

Já na rua, em plena agitação do calçadão, Caniço tratou de botar sebo às canelas e desaparecer na multidão. Antes, porém, tirou a camiseta e o tênis, malocou tudo num buraco conhecido na mureta da praia e vazou pelo mundo, ora pela areia, ora pelo calçadão. Vez por outra olhava para trás, temendo estar sendo perseguido. Nunca foi tão fácil dar um bote em alguém. Distante do hotel, estava arfante, com o coração acelerado, quando viu o imponente edifício, feito uma silhueta, e sentou-se em um dos bancos de pedra, de cara para a praia, para tomar fôlego. Quando se sentiu calmo e seguro, meteu a mão dentro do short e retirou o maço de dinheiro, conferindo nota por nota, cada uma estalando de nova mais do que a outra.

– Caralho, tô forrado mesmo, morô! – disse vivamente, para logo depois refletir: – Que pariu! Agora é arrumar um jeito de trocar essa porra de dinheiro de gringo.

Contou os trezentos reais algumas vezes para ver se não estava enganado, mais uns duzentos paus em euros. Descolou do monte cinco pratas de real, pediu um refrigerante no quiosque em frente e voltou para o banco. Ao mesmo tempo que ingeria a bebida, pensava no que fazer com a grana. Teve a ideia de procurar os amigos de rua, ali pela orla mesmo, e com eles azarar um pouco, queimando parte da bufunfa.

– Essa onda de careta já vai tarde, tá ligado? – falou num estalo.

Depois da parada refrescante, voltou a caminhar pela orla, até que visualizou a rapaziada formada em grupos, de boresta, se preparando para armar algum golpe. Embora tivesse corrido bastante desde que se escafedeu do grande hotel, beirando a praia, sempre muito movimentada, não estava cansado. Ligado no agito da rua, quando podia olhava para trás para ver se alguém o espreitava ao longe ou o procurava. Seus pés pisavam aleatoriamente aquela calçada de pedras portuguesas brancas, com mosaicos pretos em forma de onda do mar. Era o lugar mais lindo do mundo para ele. Por fim, encontrou seu povo entocado num canto da amurada, na altura do Posto 6, quase chegando ao Forte, cujo prédio imponente se via ao fundo. Os moleques fizeram cumprimentos efusivos. Parecia que não se viam há séculos.

Logo ao ver Caniço, um dos moleques se aproximou.

— E aí, Mosca, como tá a parada? — quis saber o recém-chegado.

— Ih, sem caô. Tamo aí na maior pasmaceira — desembuchou o moleque franzino, de aparência suja, short surrado, sem camisa e descalço. — Tamo tentando descolar uma grana pro rango. Tá nessa? — emplacou, mostrando os olhos fundos de sono e fome.

Num lance, Caniço contou, mal e porcamente, uns cinco mortos de fome. Pelo aspecto, eles deviam ter dormido ali pela praia mesmo, na areia, e estavam iguaizinhos ratos de sótão, querendo comer até cupim de madeira velha.

Algo que não tem como se explicar é a solidariedade das ruas. Abandonados por genitores, parentes e amigos, em geral vivendo à própria sorte, dependendo sempre de si para si, esses jovens unem-se de maneira extraordinária: defendem-se como podem e protegem-se uns aos outros com uma garra grande, com uma solidariedade mútua, contra seus principais exterminadores — policiais, milicianos, seguranças de lojas e guardas-municipais. Na verdade, a rua é a casa dos sem-casa.

Quando houve a chacina da Candelária, em 1993, foi meio assim também. Cerca de cinquenta moleques dormiam sob as marquises da praça Pio X, em frente à Igreja da Candelária. Pela madrugada, dois carros velhos pararam, dos quais desceram homens armados que passaram a atirar nos garotos indiscriminadamente. Quatro morreram no local, e um no hospital. Praticamente na mesma hora, dois outros moleques e um jovem eram executados na altura da Praça Mauá. Essa chacina serviu de alerta para a molecada, que passou a desconfiar de tudo e de todos e a se unir mais nas ruas.

Nenhum dos moleques ali vivera a experiência da Candelária, mas estava no DNA de todos eles os acontecimentos daquele dia. A memória diz que houve grande rajada de tiros, que ribombaram entre a igreja e o Centro Cultural Banco do Brasil, o CCBB, de onde se observava a ira dos assassinos sobre os corpos de crianças sonolentas e indefesas. Massacre cruel e covarde.

Mas agora, ali em Copacabana, reunido com sua gangue, Caniço contou a novidade.

– Porra, que grau! – exclamou Piolho. – Dinheiro pra caralho, tá ligado?

Os rostinhos desanuviaram rapidamente. Uma alegria, porém trêfega, apareceu afinal. Caniço tirou de dentro do short cem reais, e trataram do que comeriam. A fome deu origem à ansiedade. Cada um quis um X-Egg Burguer e um refri de 300 supergelado. Piolho, um pretinho de olhos bem vivos e dentes cerradinhos, parecia que iria matar a fome de um mês: pediu logo dois sanduíches. O proprietário do quiosque exigiu o dinheiro adiantado e tratou que eles comessem os sandubas longe do estabelecimento.

Depois da comilança e dos arrotos exagerados e escancarados, em meio a gargalhadas, especialmente as de Ossada, começaram a traçar o plano para comprar drogas. Precisavam dar uma cheirada de responsa, daquelas fortes, e uma boa tragada num bago de maconha. O caso era encontrar o dono da situação, que ficava na praia. Era um posto ambulante de drogas que servia os hotéis e gente da pesada, mas também turistas, banhistas e artistas.

A molecada estava alucinada, na ânsia doida de dar uns tecos e apertar um. Fazia dois dias que só cheiravam restos de cola de sapateiro, com efeito deixando a desejar. Caniço precisava também de algo forte. Era um dos mais velhos do grupo, com quase 17 anos, por isso a sua forte liderança. Ossada não ficava para trás. O moleque não era magricela, como o nome fazia supor. O apelido veio de uma perna quebrada após pular o muro de uma casa que ajudou a arrombar. Ao cair de mau jeito, a perna bateu em uma pedra e espatifou um dos ossos, que ficou exposto. Mesmo acidentado, conseguiu fugir com a ajuda dos amigos. No esconderijo, em meio a gritos e choro, sangue e terra, perceberam que seu osso estava aparecendo. Não deu outra.

– Ossada, mané! – berrou um do grupo.

O gemido de Ossada virou gargalhada misturada com xingamento. O apelido pegou. Ossada foi levado ao Hospital do Andaraí, na zona norte da cidade, por um adulto do esquema, que informou, na ocorrência, que ele havia caído de uma laje enquanto soltava pipa. Depois disso, Ossada ficou com uma perna bamba, mas continuava bem ligeirinho. Alguns o chamavam de "Perna", de "Passada", mas o que pegou mesmo foi Ossada.

O moleque era irmão de um traficante dos lados do Morro do Andaraí. Já pequeno, acompanhava o movimento constante de armas, maconha e sacolés de cocaína, dentro da própria casa e na boca de fumo. Ao completar 13 anos, ouviu do irmão o convite que tanto esperava:

– E aí, menor, bora pro esquema?

– Já é! – respondeu Ossada, sem pestanejar.

Ossada era, na verdade, Roberto, o Betinho, como também era chamado. O irmão o levou ao gerente da boca. Era um sujeito mal-encarado, um tipo ruim, que passava boa parte do dia com um cigarro comprido de maconha pendente num canto da boca.

– Vai, menor, vai ganhar a porra da sua vida – disse o gerente, encarando o irmão de Ossada com um risinho. Essa declaração poderosa ficou a martelar em sua mente. Não demorou muito, meteu o pé do morro, pois seu negócio era aventura.

Agora, depois de andar à procura do esquema de drogas da praia, o bando, malvisto por todos os que passavam, conseguiu encontrar o tal "comerciante". O ponto era na saída do túnel, nas proximidades da rua Raul Pompeia. O sujeito usava o ponto de táxi na esquina com a rua Sá Ferreira, com o carro servindo de fachada. Logo que os moleques se aproximaram, o negociante já tinha ideia do que se tratava.

– Vai de quanto, molecada? – perguntou o homem, aparentando meia-idade.

Caniço deu um passo à frente, sorrateiro, desconfiado, e disse, com receio de ser mal interpretado:

– Queremos um lance de maconha e de coca, tá ligado?

– E daí? – respondeu o homem, como se não entendesse o pedido.

– É que só temos grana de gringo. Aceita? – indagou Caniço. Em seguida, meteu a mão no short e tirou o dinheiro, meio amassado.

Os olhos do homem brilharam como se tivessem sido incendiados. Imediatamente, entrou na rua Sá Ferreira, estreita e pouco movimentada, e se posicionou atrás dos arbustos de um canteiro, onde havia uma mistura de plantas e lixo.

– Vamos ver se esse dinheiro vai dar para as duas coisas – foi dizendo, malandramente, para os moleques, vidrados na mão do homem.

Os pivetes se entreolharam. Sabiam, de uma forma ou de outra, que tinha mutreta ali: o traficante de merda ia querer levar a melhor, enrolar a todos. Foi percepção geral.

Ossada intercedeu, arrancando das mãos de Caniço uma nota de cinquenta euros.

– Quanto dá pra levar com essa grana?

– Ih, moleque, pouca coisa – respondeu o homem, querendo tirar com a cara do bando.

– Pouca coisa o quê? – devolveu um menor.

O sujeito tirou, de um fundo falso da jaqueta, alguns papelotes de cocaína e uma trouxa de maconha, que daria, no máximo, para uns quatro cigarrinhos mixurucas. Para a festa que queriam fazer, era quase nada.

A molecada, desconfiada, se indignou.

– Isso não dá pra porra nenhuma, tá ligado? Queremos uma parada de sustança, se liga aí.

Ossada era quem dirigia a coisa toda. Com alguma experiência no tráfico, o moleque resolveu jogar pesado em favor dos companheiros.

– Não tá dando moral isso, não. Melhor partir pra outro lance, tá ligado? – protestou, mostrando que não tinha nada de bobo.

– Que caô, meu irmão – falou outro pivete, ainda com maior indignação.

– Caraca, não tô nem aí – disse outro da turma.

O traficante sentiu que ia perder a bocada se não cedesse e resolveu afrouxar a pilantragem.

– Qual é, gurizada, freguês bom a gente faz promoção – voltou atrás, sentindo que a treta poderia prejudicar também seus negócios.

Foi então que ele sapecou na mão de Ossada e de Caniço oito papelotes de cocaína e dez de maconha, mais do que o dobro do que tencionava oferecer inicialmente. De quebra, deu umas pedras de crack e um cachimbo. O dinheiro ia bater meio a meio – nem para um, nem para outro.

– Meus brindes, na moral? Hoje tô bonzinho pra caralho, sacô? – complementou, rindo alto.

A molecada, afoita, saiu satisfeita na direção da rua Raul Pompeia, até alcançar a Rainha Elizabeth. Dali seguiram direto para a orla, passando em frente ao Forte de Copacabana, onde só tinha movimentação de turistas.

O negociante de drogas ria de uma orelha à outra. Afinal, cinquenta paus em euros no câmbio oficial daria uma grana de responsa. Mas havia crescido o olho na grana que viu rapidamente nas mãos de Caniço, e logo que a turma virou a esquina, o homem entrou célere em seu táxi e começou a persegui-los de longe. A ideia era tentar armar um bote sobre a gurizada, com o apoio de algum comparsa, ou esperar que eles se drogassem até não aguentarem mais e aí fazer a limpa. Pelos seus cálculos, havia, em posse de Caniço, líder do grupo, uns duzentos euros. Ou mais. Era uma grana respeitável e mole de ganhar naquele final de tarde.

Os moleques, que seguiram pela rua Raul Pompeia, logo encontraram o ponto ideal para o "banquete", que serviu de parada do grupo: um canteiro de obras completamente vazio, tipo abandonado, onde se projetava a construção de um quiosque pela Prefeitura. A secura por uma cheirada ou uma tragada fez com que não olhassem para os lados ou se prevenissem de nada; se o tivessem feito teriam percebido, sem muito esforço, o táxi parado na esquina, de forma suspeita, com um homem dentro espreitando o grupo.

Caniço deu a partida na cocaína, rompendo o saquinho com o pó branco e preparando a fileirinha alucinógena. Seguido de Ossada, cada moleque foi, um a um, queimando as narinas com a química forte e entorpecente. Davam um tapa na branquinha e logo em seguida tiravam uma fumaça no baseado, inalando o cigarro, mas prendendo a respiração, tapando o nariz com os dedos. O agito louco foi temperado ainda com pedras de crack e cervejas em lata, que haviam comprado no meio do caminho. Sentados cada um no seu canto, pouco tempo depois já riam molemente, meio bêbados e alucinados, com a voz bamba, igualmente os braços e as pernas, como se o corpo fosse perdendo a agilidade.

De dentro do táxi, o sujeito não via a hora de agir. Observava, sobretudo, Caniço e Ossada. Os dois eram os maiorais do grupo, portanto, era preciso ficar sempre alerta com eles. Também era importante observar o movimento da rua. Um táxi parado chama muito a atenção, ainda mais na orla, pois logo aparece um freguês, e com um homem dentro, então, nem se fala.

Pouco mais de uma hora durou a festinha da molecada. Os que restavam de pé depois disso quase nada falavam; a cabeça rodava, estavam vendo tudo em dobro. Os demais já haviam deitado pelos cantos ali mesmo da obra, e dormiam profundamente sobre pedaços de madeira. Quando Caniço se sentou também em um canto, seguido de Ossada, o meganha do táxi deixou o veículo em direção a eles.

"É chegada a hora, vou nessa", pensou o arremedo de taxista e traficante.

Tinha que agir bem rápido. Ao chegar ao local, notou o estado no qual se encontravam os moleques. As drogas haviam causado uma enorme depressão física e mental em todos. O traficante ainda pôde ver restos das drogas pelos cantos, junto com o cachimbo usado para o crack. Um dos moleques resmungava, baixinho, com a mão no estômago, se contorcendo; passava mal, provavelmente. Como o alvo da investida era Caniço, o homem foi direto nele para fazer a limpa. Sabia onde ele malocava o dinheiro. Certeiro, meteu a mão dentro do short do moleque, ainda meio desacordado, bambo e mole. Fez um gesto brusco para alcançar a grana e Caniço despertou, mas completamente grogue, com o olhar vidrado, baba branca no canto da boca, visivelmente alucinado. Avistou diante de si o homem que lhe vendera os papelotes e o reconheceu, mas, quando pensou em dizer alguma coisa, ganhou um soco no nariz, que espirrou sangue, acompanhado de um grito contido, engasgado na garganta.

Caniço se contorcia de dor, com as mãos no rosto. Em função da movimentação, Ossada acordou do transe, levando também socos e pontapés do traficante. O restante do bando permanecia imóvel e silencioso. Em posse do maço de dinheiro, o homem vazou na direção do táxi.

CAPÍTULO 4

A cabeça de Caniço parecia que ia explodir. O nariz não parava de sangrar. Saiu bambaleando em direção à praia, seguido por Ossada, no mesmo estado. Antes, porém, viu um dos meninos soltar um jato de vômito amarelo e pastoso. Um mau cheiro ganhou o ambiente. Não voltou a olhar para trás. Apenas caminharam, ele e Ossada, um ao lado do outro, na beira do mar, com a água batendo nos pés.

Já distantes, ainda grogues e sonolentos, só tiveram tempo de procurar um canto entre a amurada, as pedras e a areia para repousar a cabeça e pensar no vacilo que tinham dado. Aquele era um vão, acessado pela areia da praia – na verdade, um buraco debaixo do calçadão –, que servia de esconderijo e abrigo à noite para quem quisesse se entocar e sumir da vista alheia, usado pelos moleques que viviam pela orla e pelas ruas. Depois de lavarem o rosto na água de um canal, água fedida e turva que desembocava no mar, Caniço e Ossada estatelaram-se um quase em cima do outro, consumidos fortemente pelo efeito das drogas e pelo cansaço, e não viram mais nada.

Acordaram um bom tempo depois. Caniço olhou para Ossada, que, despertando na mesma hora, com cara de zumbi, encarou o amigo com restos de sangue empapado saído do nariz.

– Aquele filho da puta do caralho – vociferou Caniço, ainda meio sonolento e enjoado.

Estavam lisos, lisos. As cabeças zuniam, pesadonas; os pés estavam assados por causa da andança e do calor. Com uma aparência horrorosa, resolveram ganhar a rua, mas não tiveram muita sorte. Após alguns passos pelo calçadão, sem camisa e descalços, os dois foram detidos por policiais, sem manifestar qualquer reação.

Na Delegacia de Polícia de Copacabana, onde ficaram sentados em um canto por mais de meia hora, Caniço logo percebeu o que o esperava, e que vinha temendo bastante: chegava ali o espanhol Mario González, o turista do transatlântico pilhado por ele. O gringo não chegou a se aproximar de Caniço. De longe, ladeado por dois agentes, balançou a cabeça afirmativamente, confirmando alguma coisa pedida por eles.

– *Sí, señor* – pronunciou, meio constrangido, o espanhol, afetando certo desconforto.

O delegado informou a González que os dois meliantes tinham sido capturados sem qualquer importância em dinheiro – para desconfiança do turista –, logo após a denúncia anônima de um taxista que vira vários garotos perambulando pela orla aparentando estarem drogados, e que já haviam sido flagrados também pelas câmaras que vigiavam o perímetro. A polícia acudira ao chamado, encontrando no local, dentro de um canteiro de obras, um menino morto por overdose e mais dois outros inteiramente inconscientes.

Um pouco mais adiante, seguindo o rastro deixado pela turma, foi possível encontrar Caniço e Ossada, ambos perambulando no calçadão da praia já na altura do Leme. González fez com uma das mãos um gesto do tipo "deixa pra lá", e saiu da delegacia com o rosto inexpressivo. Um dos policiais que o atendia deu um sorrisinho matreiro, sarcástico, sem que o gringo percebesse. Assim que o estrangeiro deixou a delegacia, partiram para cima dos dois detidos, aos safanões, obviamente, para arrancar deles o paradeiro da grana, principalmente os euros, que mais lhes interessava.

Depois de alguns catiripapos numa salinha reservada, apelidada de "Sala dos Segredos", localizada nos fundilhos da delegacia, a dupla deu o serviço e denunciou o "ponto" do taxista, onde o homem negociava drogas em vez de corridas. Aproveitaram para denunciar também que haviam sido roubados por ele quando estavam cheirados e caídos no chão.

Acreditar nesse tipo de moleque era algo temeroso. Os policiais, no entanto, não tinham mais o que tirar deles que pudesse levar ao dinheiro, a menos que os arrastassem para algum lugar ermo, cantões da cidade, e os matassem, em desova ou queima de arquivo. Porém, o mais enfezado dos tiras, um tipo alto e carrancudo, de bigode ralo e careca, não satisfeito com o que ouviu, determinou uma ida urgente até o local onde o taxista fazia ponto, a fim de que fosse resgatada pelo menos parte da grana, sob pena de mandar prender ou rebocar o carro do sacripanta.

– Diga pro mané que não quero lero nem porra de desculpas. A coisa tá feia pro lado dele, avisa lá – ordenou o policial pinta-brava.

Caniço e Ossada já sabiam qual seria seu destino: voltariam para o Instituto Padre Severino, na Ilha do

Governador. Sabiam também que essa volta não seria fácil para eles. Toda vez que voltavam após mexer em peixe grande, não tinham vida mansa.

O aspecto dos dois amigos não era dos melhores. As porradas na cara e pontapés na barriga haviam deixado marcas e hematomas profundos. Caniço tinha os olhos avermelhados – não de choro, porque, apesar da pouca idade, o cara era linha dura. Já Ossada havia vomitado muita bile depois da saraivada de socos e chutes no estômago.

Apanharam feito gente grande, sem dó nem piedade.

Autorizada uma ordem de transferência, dois policiais cataram ambos pelos braços, como se fossem trapos para jogar num monturo, e seguiram de Copacabana para a Ilha do Governador. Mesmo em um estado geral bem deplorável, foram encaçapados no camburão como perigosos marginais ou assassinos, e a viatura seguiu solene, de sirene ligada, furando o trânsito lento e avançando os sinais vermelhos, provocando a curiosidade de muita gente.

O motorista do camburão comentou com o colega carona:

– Esses moleques aí são aqueles que estavam com o dinheiro do gringo. – E então, falando de Caniço: – Esse mais franzino é o que deu banho no coroa estrangeiro, que disseram na delegacia que é viado.

– O chefe já tá de posse do restante da grana – disse o colega. – Veja você qual é a parada: quatrocentos mangos de euros. Eu, com essa grana, fazia hoje uma fezinha com uma nega.

Não eram quatrocentos euros, Caniço e Ossada lá atrás sabiam. Pode ser que tivessem contado o real com a prata europeia. Mesmo assim, não dava isso tudo.

A conversa fazia passar o tempo da dupla enjaulada. Uma hora e meia depois, os dois foram recebidos pelo diretor do Padre Severino, que já os aguardava. Pela cara risonha do homem, Caniço imaginou que o custo de sua estadia ali seria alto. A prisão tinha tudo de irregular, acrescentando-se a isso a tortura, à base de muita porrada. A própria Delegacia de Proteção da Criança e do Adolescente, a DPCA, sequer fora avisada da captura dos garotos, muito embora, como de costume, não esperasse qualquer sinal em relação a isso.

Houve uma cerimônia rastaquera diante dos policiais, mero proforma, desaparecida tão logo ouviu-se o ronco dos motores do camburão indo embora, disparando, acelerado, pelo retão da avenida. Um pescoção nos dois foi o sinal de boas-vindas dos carcereiros. Ossada foi alojado numa cela coletiva, na qual se encontravam outros dez jovens infratores, a maioria negros como ele. Caniço seguiu mais para o fundo do grande corredor, sempre escuro e aterrador. A cela era bem isolada das demais, e vazia, só para ele. Ele a conhecia bem. Suas lembranças de situações como essa não eram das melhores. Já tinha visto esse filme algumas vezes; restava saber qual seria o *modus operandi* agora. Sua sorte dependeria de como responderia um "sim" ou um "não". Não tinha muita escolha, era sorte mesmo. Ele sabia que seria preciso abdicar, ceder ao máximo, para que sua estada naquele inferno fosse passageira e que dele pudesse sair em pé, andando. O contrário disso, só dentro de um caixão de madeira de terceira classe, como já ocorrera com muitos ali dentro.

Foi atirado atrás das grades aos pontapés. Por ali ficaria até segunda ordem. Era um lugar sem luz do sol, com pouquíssima ventilação, sem acesso aos outros internos, a não ser o som de suas vozes. Ao lado, duas celas vazias, assim como na frente. Viveria ali como um bicho? Por incrível que pareça, isso já estava bom. Comia, bebia e fazia as necessidades básicas no próprio local, num buraco no chão. De tempos em tempos, alguém vinha e jogava uma duchada forte de água com sabão na cela para expulsar a sujeira e diminuir o mal cheiro.

Quando já demonstrava pouco ânimo e se sentia pior que um trapo humano, usando o mesmo shortão de quando fora capturado, sem camisa e já sem as habituais manchas de sangue e sinais das porradas pela cara e pelo corpo, abriram-lhe a cela, cujo cheiro de morrinha parecia de um chiqueiro dos mais nojentos. Dois homens uniformizados ordenaram que ele saísse. Simulando náusea, os guardas o guiaram até o vestiário, onde o obrigaram a tomar um banho de água bem gelada. Em seguida, raparam-lhe os cabelos, deixando-os à escovinha. Após esse tratamento básico, Caniço foi vestido com o bermudão azul e a camisa branca da instituição, com as iniciais "I.P.S." nas costas, e encaminhado ao refeitório, onde tomou café com pão e manteiga.

O moleque reparou que em todos esses lugares não havia ninguém – o que era anormal, dada a grande população guardada ali –, a não ser ele próprio. Era estranho estar sozinho naquela situação, mas nem tudo era normal numa instituição como aquela.

– Ô delinquente de merda, o chefe quer falar com você – disse-lhe um dos guardas de uniforme.

Caniço dirigiu-se à sala do diretor, o mesmo Moraes de sempre, acompanhado do tal guarda. Não sabia o que o esperava. Afinal, já era um velho conhecido ali, onde estivera internado inúmeras vezes.

Ao entrar, encontrou o diretor esparramado na cadeira, com os pés sobre a mesa quase vazia, a não ser por umas papeladas meio desorganizadas, entre um calendário e um fichário. Numa das extremidades, um velho aparelho telefônico, próximo a uma agenda presenteada por algum banco, já um tanto surrada. No centro da mesa, um jornal estrategicamente aberto estampava uma manchete que desafiava qualquer imaginação, menos a de Caniço.

– E então, merdinha, de volta à sua casa? – disse o diretor. – O bom filho de uma puta à casa sempre torna, não é?

Caniço foi sentado violentamente pelo homem que o acompanhara. Moraes fez sinal para que o guardinha esperasse do lado de fora, com a porta fechada. Em seguida, apontou com o dedo a manchete do jornal *O Dia*, no centro da mesa, que dizia: "Menino de rua rouba turista espanhol em hotel da zona sul".

– Que ousadia a sua, hein, filho de uma puta?! – E ameaçou agarrar Caniço pelo pescoço.

– Mas...

– "Mas" é o caralho! – interrompeu, aos gritos, o diretor, e passou a ler um trecho da matéria do jornal:

Um menor de 15 a 17 anos presumíveis roubou, nesta sexta-feira, o turista espanhol Mario González, que o conheceu no píer da Praça Mauá. O crime aconteceu dentro do luxuoso hotel Copacabana Palace, onde o turista está hospedado. De acordo com seguranças do hotel, o menor chegou com o turista, como se fosse seu acompanhante, e foi com ele até o apartamento.

Menos de uma hora depois, desceu apressado, sem dar maiores explicações, quando González, que é empresário em seu país, alertou sobre o ocorrido.

O turista informou ao delegado da DP de Copacabana que permitiu a subida do jovem, identificado apenas como Caniço, por ele ter sido gentil e por querer ajudá-lo.

O diretor leu o último trecho da notícia olhando bem na fuça de Caniço, que nada falou ou esboçou. No fundo, sentia uma ponta de satisfação por ver seu nome mais uma vez estampado nos jornais. Pela segunda vez, era notícia na grande imprensa.

– Pois bem, seu Caniço dos diabos, agora é comigo – disse Moraes, em tom de sincera ameaça. – Vamos acertar nossos ponteirinhos.

Caniço gelou; já tinha apanhado muito na delegacia e passado praticamente a pão e água aqueles dias ali dentro. Toda vez que um delinquente como ele dava entrada na instituição, sofria esse tipo de assédio por parte dos guardas e da direção. Caniço era tido como um caso especial por seu histórico de vida e, ao mesmo tempo, por sua vivacidade e pela liderança que exercia sobre dezenas de outros moleques, com mais ou menos idade do que ele. Daí era visado, chamado para conversas reservadas que, invariavelmente, boas coisas não lhe trariam.

O diretor era um tipo excêntrico, velho conhecido dos internos infratores, e não só pelo Instituto Padre Severino. Teve histórica passagem pela Fundação Nacional do Bem-Estar do Menor, a Funabem, no bairro de Quintino, onde recebera a alcunha de "Dragão", pois diziam que, quando falava, parecia botar fogo pelas ventas. Era um homem perverso. O Padre Severino, se comparado à famigerada Funabem, parecia um parque de diversões.

Moraes era vigiado pelas autoridades devido aos constantes abusos ao Estatuto da Criança e do Adolescente, aos maus-tratos e à sevícia dos menores internos, que, em geral, saíam piores do que entravam. Outro que o perseguia era o Ministério Público, a partir de ações impetradas por juízes, sobretudo os das Varas da Infância e da Juventude. Embora houvesse toda essa pressão, no entanto, ninguém o exonerava ou o destituía da função pública, da qual era servidor de carreira. Em todo caso, ele sempre dava um jeitinho de se escafeder.

Seu atual mandato de diretor, por exemplo, fora cercado de protestos. Familiares dos jovens internados temiam pela integridade dos filhos e entes. Durante o período da Funabem, um menor morreu asfixiado após ser "entrevistado" por ele. O caso nunca foi solucionado, embora todos os indícios apontem alguma participação do diretor na morte, mas o inquérito se encerrou como acidental ou por falta de provas.

Mesmo sob ações da Justiça, além de uma CPI, presidida pelo combatente deputado Valentim, na Assembleia Legislativa do Estado, para apurar maus-tratos e abusos de poder, Moraes foi nomeado para colocar em ordem o Padre Severino. Sua missão era corrigir os infratores, acabar com insubordinação e desmandos, evitar fugas e brigas internas e "domar" jovens considerados perigosíssimos não só por seus roubos e práticas violentas, mas por serem homicidas reincidentes. O sistema prisional fazia as vezes da escola de formação profissional, que tinha sido fechada.

– Sou um homem de princípios – vociferava o diretor em seu discurso, como se estivesse conversando com seus pares. – Lá fora, tenho amigos que me protegem e me dão retaguarda para que eu faça um bom trabalho aqui dentro. Moraes dizia tudo isso sem temer cair no ridículo ou ser delatado; a ideia era amedrontar ainda mais quem se atrevesse a cruzar seu caminho. Mas Caniço ouvia sem esboçar qualquer reação de surpresa ou medo, muito menos de respeito à autoridade do diretor. Para ele, que vivia em situação-limite, entre a vida e a morte, tudo era normal.

– Vamos deixar de lengalenga – continuou Moraes, dessa vez mais incisivamente.

Caniço fez um movimento vago com a cabeça, sabendo que daquela boca não sairia coisa que prestasse. Moraes abriu uma gaveta e tirou um cachimbinho pequeno e um pacotinho de pedra. Era crack.

– Duvido que você não goste disso, canalhinha.

Ele encaixou a pedra na boca do cachimbo, estendeu a mão até a altura do rosto de Caniço e meteu-lhe a vareta entre os lábios, fazendo com que o moleque a prendesse com os dentes.

– Sugue, sugue rápido, filho da puta! – exigiu, de forma grosseira.

Caniço, experimentado de tudo, sugou com naturalidade o cachimbo, acendido pelo diretor. A pedra de crack brilhou diante de seus olhos. O diretor ficou intrigado, esperando uma reação qualquer, mas o moleque foi resistente, o que a autoridade não esperava, pelo menos não daquela maneira.

– Pois é... mas qual é o caô, diretor? – Caniço resolveu dizer alguma coisa, para não ficar o tempo todo parado igual estátua.

– Tá muito saidinho, seu merda – enrolou o chefe do instituto. – Você tem uma missãozinha pra cumprir, ou tava achando que só ia comer e dormir por aqui de graça?

– Como assim? Qual é a parada agora?

– A parada é a seguinte, seu porra!

Moraes passou a explicar o que queria. Depois de muito salivar em cima, ficou acertado que Caniço faria uns trabalhinhos pra fora, umas vendinhas de crack e maconha nas ruas, uns papeizinhos de branquinha em pontos turísticos e para a malandragem em geral. Depois, voltaria para o instituto para prestar conta.

Era rotina do dirigente escalar algum menor para funções desse tipo. Outros já haviam passado pela mesma situação, com sucesso garantido, dadas as ameaças e a vigilância da "turma" associada a ele, milicianos ou péssimos agentes da lei. Era sabido que dar uma de esperto e sumir com a mercadoria e o dinheiro era negócio por demais arriscado. Caniço tinha ideia disso. O jeito era obedecer, fazer tudo certinho e tentar se livrar o quanto antes desse tipo de empreitada. Os comparsas do diretor, amigos da milícia, e os policiais que se associavam a eles estariam lá fora, de olho em sua movimentação. Caniço não era o único. Dezenas de moleques estavam nas ruas "trabalhando" da mesma forma e do mesmo jeito.

Caniço ouviu pacientemente, como um profissional, o tal salivar do diretor. Sabia que uma recusa significaria voltar para os maus-tratos, talvez para a temida cela úmida – de onde nunca se saía o mesmo –, ou ser espancado, estuprado e passar fome durante uns bons meses. Muitos menores morriam em instituições como aquela, e ele sabia que não era só pelas brigas internas, muitas com perfurações de armas brancas, como facas improvisadas com pedaços de pau ou qualquer outro instrumento cortante, criado pela engenhosidade delinquente.

Acostumado a essa rotina de humilhação e violência, Caniço passou a ter coragem para jogar com esse tipo de gente.

– Na moral, tá firmado, numa boa, mas gostaria de propor um barato aí – disse, como se estivesse diante do patrão.

– Diga de uma vez, caralho, pode dizer – rosnou o diretor, pronto para encerrar aquela conversa fiada.

– Depois de um mês dessa parada, eu tô livre, tá ligado?

– Tô... tô ligado, sim. – E então, mudou o tom de voz: – Vou dizer uma coisa pra você, pilantrinha de meia-tigela: não tente me passar pra trás. Eu tô de olho em você, a milícia tá de olho em você, gente pior do que eu tá de olho em você. Tá ligado? Depois, quem manda aqui nessa porra sou eu: eu digo quando você está livre e quando não está. Tá ligado?

O diretor chamou o guarda, que tinha escutado a conversa do lado de fora, e mandou trancafiar Caniço na cela subterrânea, a que tinha acesso na descida da rampa. À saída do moleque, resmungou para justificar que aquilo era um privilégio para ele, que qualquer outro poderia ter sido escolhido, mas, avaliando a situação, resolveu dar uma oportunidade a ele, como prova de sua confiança. Revelou que a última fuga e o banho no turista já eram favas contadas, estavam no passado. Que esquecesse.

Caniço sabia que era uma figura visada lá fora, sobretudo por policiais e milicianos. O custo de ir para a rua naquelas condições era alto, mas tinha que se arriscar e ganhar alguma proteção do grupo do diretor, por terem costas quentes. Era só fazer a parte dele até o momento de meter o pé dali. Por outro lado, fugir representava degola, execução, ou "queima de arquivo".

Caniço ia dizer um "tá legal" ou "já é", mas tomou coragem e quis esclarecer que não fugira do instituto da outra vez.

— Houve um acordo, o diretor sabe, fiz aquele servicinho.

— Entendi... — E então, mudando o tom de voz: — Bem, chega dessa porra de conversa, faça seu serviço e estamos conversados. Amanhã aviso a hora de pegar no trampo. Vaza! Vaza!

CAPÍTULO 5

Caniço pouco se relacionou, dessa vez, com os demais internos. Ossada tinha se alterado e também descera para as celas subterrâneas, logo ao lado do amigo, em um cubículo completamente escuro, tendo apenas as grades e pouca luz ou ventilação.

No pátio superior, via-se uma delinquência renovada; poucos eram os internos conhecidos. Embora a maioria fosse pés rapados e zés-ninguéns, havia jovens de classe média, burguesinhos, frequentadores de boates e baladas pela Barra e pela zona sul. Eram riquinhos brancos e bem-nascidos que as mães visitavam com muita regularidade, receosas daqueles ambientes de delinquência. Para parentes próximos ou amigos da família, a desculpa da ausência dos filhos – por meses ou anos – era de que estavam no exterior, fazendo cursos de aperfeiçoamento de idiomas. Já o motivo de não estarem em redes sociais ou interagindo nos grupos da família e dos amigos era que os estudos exigiam muita dedicação, concentração e esforço. Para manter esses jovens em segurança no local, as famílias tinham custo alto e uma rotina pesada de muitas idas e vindas.

No instituto, cerca de trinta por cento dos jovens infratores eram de classe média. Bastava olhar para os cabelinhos bonitos, a pelezinha bem tratada, as mãos sem calos, macias, e a ausência de cicatrizes pelo corpo, sobretudo no rosto. Engana-se quem acha que esses garotos estão em alguma fase de transição da idade ou da vida. Há entre eles casos irrecuperáveis, com currículos cheios de crueldade, de traficantes profissionais em condomínios de luxo a ladrões de carros com certo aprimoramento tecnológico. Os pais desses incorrigíveis delinquentes, no geral, chegavam à instituição em carrões importados – elas com joias, ostentando luxo; eles com relógios reluzentes no pulso, ansiosos para saber como estavam sendo tratados seus "pimpolhozinhos" sob a guarda da lei e dos direitos humanos.

Já os pobretões, todos oriundos da periferia, da favela, do subúrbio e da Baixada Fluminense, largados pela família – quando tinham uma –, sem parentes ou amigos que os defendessem, não se misturavam a essa espécie "nobre". Pelo contrário, os infernizavam. Era o meio de se darem bem ali dentro. Mas quem mais os temiam eram os pais dos jovens, a ponto de pagarem para que nada acontecesse aos seus filhos. Com isso, os grupelhos afamados tiravam onda e limpavam a cara com os playboyzinhos do crime.

Um tipo criado ao léu, sem eira nem beira, como Caniço, não está nem aí para frufru de garotos mimados. Ele mesmo jamais recebeu visita de qualquer pessoa, embora tivesse dezenas de internações nas costas.

O diretor, na tarde seguinte, deu logo o seu caô:

– Hoje é dia de você fazer a pista! – disse, como se falasse com uma prostituta da Central do Brasil ou da Vila Mimosa.

À noite, quando todo mundo já havia sido recolhido às celas, o superior entregou a Caniço uma quantidade de papelotes, pedras e cachimbos – esse era o kit ideal para os viciados. O crack sempre saía melhor, viciava mais rápido, mas a coca e a maconha não saíam de moda.

– Você já sabe o que tem de fazer – disse o diretor. – Não é bobo, é esperto e manja do ofício. Saída de escolas, parques de diversões, faculdades, praças; explore o que for possível. Não me enrole – ele engrossou a voz –, e traga a porra da grana todinha pra mim.

Petrulho e Santos – os agentes a serviço sujo do diretor – estariam na cola dele. Eram dois tipos enfezados, acostumados a fazer esse trabalhinho com certa frequência e a obedecer, sem questionar, ordens superiores.

Caniço, vigiado pelos dois homens do esquema, saiu da instituição sem ser visto, noite densa e fria, no banco detrás do carro de um deles, para não despertar suspeitas. A ideia era que trabalhasse nas imediações da Saúde ou da Gamboa – infestadas de festinhas, com muita garotada da zona sul – e próximo à Rodoviária Novo Rio e à Central do Brasil, cheias de gente doida para apertar um ou dar uma cheirada básica. Na hora marcada, antes do dia clarear, os comparsas do diretor iriam buscá-lo na altura do canal do Mangue, no Mercado Popular em frente à rodoviária ou no posto de gasolina encostado ao túnel Joao Ricardo, no Centro.

Pouco depois da meia-noite, Caniço foi agarrado pelo braço enquanto tomava uma latinha de cerveja e fumava um cigarro.

– Vamo simbora, mané, recreio acabou por hoje – ordenou um dos homens, aos puxões.

Caniço obedeceu, meio assustado, a ponto de deixar a latinha da gelada cair no chão. Os dois se dirigiram para o carro que estava estacionado ao lado da rodoviária, próximo do acesso à garagem onde entram os ônibus de viagem para o desembarque. O outro sujeito estava ao volante. Foi só ao entrar no carro que Caniço reparou na cicatriz no lado direito do rosto do motorista.

– Vaza que o chefe está esperando! – falou o primeiro, quase aos gritos, para o sujeito do volante.

Mal se sentou no banco de trás e o carro disparou, com o homem cobrando o lucro do dia e a droga que havia sobrado. Caniço estendeu-lhe tudo junto com o amarrado de dinheiro – notas de cinco, dez e cinquenta reais; moedas tinham sido trocadas no comércio. O homem contou alguns papelotes e pedras de crack, que não restaram muitas, pois tiveram boa saída.

Durante o trajeto, o homem fez a contabilidade do dinheiro: tirou do maço de notas uma de cinquenta e a estendeu ao motorista; tirou outras duas do mesmo valor e entocou no bolso traseiro da calça jeans, sem que o motorista se desse conta. O restante, enfiou num saco de pano com um cordão na ponta, dando um nó. Ali ele já havia metido a sobra das drogas, incluindo pedrinhas de crack e uma meia dúzia de cachimbos.

O diretor sorriu de orelha a orelha ao contar, babando, novecentos e trinta e cinco reais da fatura do dia. Disse um "muito bem" qualquer, sem propósito, olhando nos olhos de Caniço. Estendeu uma nota de cinquenta para cada um dos agentes. Os dois olharam de rabo de olho para o pivete, que entendeu a ameaça velada dos bandidos travestidos de funcionários públicos.

– Leva ele pra jaula – determinou o diretor, referindo-se à cela. – Amanhã tem mais servicinho.

– E eu... – Caniço tentou falar alguma coisa.

– Cala a porra da boca e some da minha frente.

Caniço queria saber sobre o pagamento dele pelo trabalho realizado. Estava cansado depois de uma longa noite fria e chuvosa.

– "E eu" o quê...? – perguntou cinicamente o diretor, na frente dos seus cúmplices.

– O meu dinheiro, a minha paga?

Não teve tempo de terminar a frase. O grito do diretor ecoou até o aeroporto do Galeão.

– Porra de dinheiro! Quer salário, filho da puta? Pro quinto dos infernos! Mal começou a trabalhar!

Caniço, por dentro, estava puto da vida. Mas resignou-se, viu que daquele jeito não ia funcionar. Fingiu insignificância.

– Olha aqui, seu merda: se tudo correr bem, como nesta noite, no final das contas você ganha alguma coisa. Mas vai depender muito da sua colaboração. – O diretor disse esta última frase apertando bem os dedos no queixo de Caniço, que tinha o coração acelerado, mas de raiva, de ódio.

Depois disso, o chefe ordenou a saída de todos.

– Recolham o delinquente – esbravejou. – E vocês, amanhã apareçam aqui por volta das 13 horas.

Antes que lhe dessem as costas, o diretor lançou os pés sobre a velha mesa de maneira que lhe compunha a sala de trabalho, recostando-se em sua cadeira rangente.

Caniço foi recolhido à cela, na parte de baixo do prédio, para evitar contato com os outros internos. Tão logo acessou a cama e se recostou no canto junto à parede de cimento, ouviu uma voz meio perturbada, enfraquecida e rouquenha, chamando seu nome.

– Caniço? É o Caniço...?

– Sim. Quem manda a moral aí? – respondeu.

Era Ossada. Vizinho de cela, já estava ali havia alguns dias, sem se dar conta de que o melhor amigo estava ao lado. Isolado, tinha a boca inchada, os olhos esbraseados e uma mancha roxa logo acima das bochechas.

Esse setor de celas, que ficava abaixo do prédio onde se localizavam as celas principais, espécie de subterrâneo, era tido como castigo pelos guardas e pela direção. Temia-se ficar ali porque ninguém escutava nada, nenhum ruído. Ou seja, tudo podia acontecer. Sem contar o grande número de bichos, como baratas e ratos, que os atazanavam dia e noite.

Caniço quase tinha se esquecido de Ossada. O diretor sabia que a ação no hotel fora empreendida pelo primeiro, mas o fato de Ossada atuar na gastança do dinheiro fez com que fosse incluído no rol dos beneficiários da grana, o que lhe rendeu foros de participante. Uma coisa era certa: ao deixar o Padre Severino, ambos estariam visados tanto pela polícia quanto pelo mundo da segurança, com enorme envolvimento da milícia. A área da zona sul era muito requisitada, e pagava-se com alto preço qualquer delinquência na região – e a molecada sabia disso. Uma boa estratégia era deixar a coisa esfriar na imprensa, como de praxe. Não tinha outro jeito. Era esperar para ver e torcer para que alguma outra coisa braba acontecesse, de crime a escândalo, sobretudo entre os bacanas e os políticos. Isso mudava imediatamente o foco da mídia.

Os dois conversaram madrugada adentro. O papo aliviou a tensão de Ossada, que se esqueceu um pouco das dores nas costas e na cabeça. Caniço relatou os últimos acontecimentos; falou da parada que Moraes havia imposto, da venda das drogas, do terror que o diretor impunha no local, da proteção que recebia da milícia e do apoio de parlamentares corruptos, que tinham imposto ao governo estadual a sua nomeação.

Durante a conversa, espécie de trégua diante das coisas ruins que vinham acontecendo com os dois, Caniço comunicou ao amigo que tinha uma surpresa. Antes de entregar a droga e o dinheiro aos comparsas do diretor, surripiara duas pedras de crack e um cachimbo para uso próprio durante a madrugada, em geral fria, solitária e desconfortável. Para compensar esse suplício, levara o crack como forma de adoçar o espírito e melhorar o ânimo, calhando de encontrar o amigo como vizinho de cela, o que só reforçava a intenção.

Caniço pôs a pedra no cachimbo e acendeu bem lentamente. Parecia ter tudo esquematizado. A tragada foi profunda, pontuada por gemidos e tremuras, feito a passagem de um vento frio sobre a pele. Era uma espécie de ritual. A ideia de dar umas cachimbadas bateu certeira em Ossada. O moleque não havia comido nada durante todo o dia, e tomara alguns banhos frios, gelados mesmo, como castigo.

Caniço mirou a grade do amigo vizinho e, enfiando a mão por entre as grades da cela, arremessou o cachimbo. Não podia vacilar: a tacada era única e tinha que ser certeira. Qualquer erro poderia fazer com que o cachimbo caísse muito distante, impossibilitando o alcance por Ossada e permitindo o flagrante dos guardas pela manhã. Não podia dar merda. Aí, estariam fodidos. Mas deu tudo certo. Caniço acertou o alvo, e os braços magros e compridos de Ossada, com suas mãos finas, alcançaram o objeto, que ele levou logo à boca, pitando-o de forma sereníssima.

Quando Ossada pôs o cachimbo na boca e sorveu a primeira tragada, foi como se uma luz beatífica o cobrisse, à semelhança de um manto divino. O moleque sentiu uma paz interior – na verdade, teve uma sensação anestésica por todo o corpo. Momentos depois do primeiro trago, adormeceu feito um bebê, mal se despedindo do companheiro da noite.

Estava seminu, mas parecia estar todo agasalhado, tão aquecido se sentia.

– Valeu, cumpadi – dirigiu-se a Caniço antes de apagar geral.

O faz-me rir diário levantado por Caniço com a venda das drogas era, de certa forma, respeitável. No pacote, trouxinhas de maconha ou sacolés de branquinha, mas o forte mesmo dos negócios do diretor eram as pedrinhas, que lhe chegavam através de mãos confiáveis. O número de usuários de crack era tão grande, em qualquer ponto da cidade, que parecia que todo mundo havia caído de boca nesse alucinógeno barato e diabólico.

A operação de saída e venda se repetiu dezenas de vezes sob o mesmo esquema de camuflar o moleque, o que era feito usando o mesmo carro do funcionário da instituição, sempre quando o sol se punha, já com a noite sob a moleira. Caniço estava de volta sempre tarde da noite, entrando a madrugada, e às sextas e sábados, já pela madrugada de fato. Exaurido, só queria saber de esticar as pernas em sua cela e desenrolar um papinho com Ossada, que sempre o aguardava para uma cheirada ou fumada.

Caniço saía alimentado da instituição, mas sempre rangava pelas ruas – um podrão, cachorro-quente ou caldinho de mocotó –, além de consumir umas cervejinhas.

O trampo até que não estava ruim, mas ele não via a hora de dar linha na pipa. Depois que descobriu que o amigo era vizinho de cela, metia um caô de fome pra chefia – o diretor ou um dos seus comparsas – e levava um sanduba e uma geladinha pra cela, mas que na verdade era para Ossada. Era tão bom no que fazia, se saía tão bem nas paradas das ruas, que já não mais o questionavam.

Além de comes e bebes, que às vezes eram hambúrgueres bem recheados e cervejas, Caniço carregava também as tais pedras azuladas para fumar enquanto comia e conversava com Ossada. Este, que vinha sendo tratado feito animal pela instituição, quase à base de restos de comida, começou a ficar mais cordial e alegre, e aguardava Caniço chegar toda noite, apresentando outro ânimo, muito falante e sorridente, querendo saber, mesmo de madrugada, sobre as novidades "lá de fora".

– Qual é, Ossada! – dizia Caniço. – Lá fora tá é irado.

Depois de comer e beber, cada um se sentava no cantinho estreito de suas celas e fumava silenciosamente, apenas interrompendo o ato para um suspiro ou um muxoxo qualquer. Tudo ia bem, pelo menos era o que parecia. Até que ocorreu um fato inusitado com Caniço durante uma das saídas.

O moleque girava pelas bandas da Central do Brasil quando foi abordado por um policial. Estava no posto de gasolina, no pátio onde paravam as vans de transporte do povo para a Baixada Fluminense, como Duque de Caxias e Belford Roxo. Meio de bobeira, zanzava no ponto. O local era bom, lucrativo e muito movimentado. Parada de prostitutas, marginais, bandidos, gente da ralé, batedores de carteiras e atravessadores de celulares, além de viciados de toda sorte – o ponto ideal, onde se sentia bem, como se estivesse no meio dos seus, bem melhor do que o palco da Novo Rio.

Parado num canto, perto de uma van linha Central-Nova Campina, só teve tempo de sentir a abordagem violenta do policial, berrando "perdeu otário!". Segurado pelo braço, não teve como reagir ou escapar, mesmo que isso significasse perder a mercadoria. Carregado para a 2ª DP do Centro, levou uns catiripapos no quengo, mas foi liberado após o delegado de plantão, Reis Cardim, ter telefonado para o diretor Moraes e, num tom baixo e cauteloso, sugerido mais atenção com essas transações com pivetes, pois aquele dera bobeira na esquina, à vista de todos.

Antes de Caniço esquentar banco na delegacia, chegaram os dois comparsas do diretor. Cumprimentaram a autoridade local e saíram apressados, silenciosos, porém enfurecidos.

— Falou chefia, e obrigado pelo apoio — foi a resposta de Moraes do outro lado da linha. Embora estivesse, de certa forma, aliviado por Caniço ter caído nas mãos de alguém que entendia do esquema, estava puto por ter sido justamente o delegado Reis. — Está tudo garantido — tornou a se explicar.

— Da minha parte, meu diretor — disse, em tom de sarcasmo, o delegado Reis —, vou deixar meus homens avisados aqui. Isso é mole, a carinha desse pilantra é bem conhecida nossa. Mas esperamos que não vacile mais.

— Se vacilar, já sabe, né, a vala também é uma excelente opção — quis meter o diretor, se dando fumos de algum poder superior.

— E não é? — concordou o delegado, desligando o aparelho quase na cara do diretor.

Caniço entrou na sala de Moraes sob uma saraivada de porradas. O diretor estava furioso não pelo fato de ele ter sido pego, propriamente, mas porque havia caído nas mãos logo do delegado Reis, um sanguessuga filho da puta, aliado de milicianos. A captura e a soltura de Caniço custariam caro, com certeza, e isso não estava nos seus planos.

Naquela noite, Caniço chegou mais cedo do que o horário de costume, e dormiria sem ter forrado o estômago na rua. Além da cara inchada das bofetadas que levou do diretor e dos comparsas, teve direito a uma ducha de água bem fria, indo para a cela molhado para aprender a não vacilar. Essas eram as tais medidas socioeducativas que se aplicavam aos jovens em situação infracional. Em verdade, Caniço e Ossada recebiam apenas uma pequena dosagem da aplicação de tais medidas. Em muitos outros casos, jovens apreendidos vinham a óbito mesmo trancafiados, com a justificativa de que haviam se envolvido em disputas internas.

Os órgãos de controle – tanto o Ministério Público Estadual quanto a 2ª Vara da Infância e da Juventude –, salvaguardas do Estatuto da Criança e do Adolescente, embora cobrassem providências e rigor nas investigações desse tipo, bem como o cumprimento de penas socioeducativas, pouco resultado conseguiam. Os processos de sindicâncias abertos patinavam dos gabinetes às mesas de superintendências e gerências, para serem esquecidos ou arquivados ao final, sem que se apurassem de fato as denúncias de maus-tratos e superlotação, apesar do grande alarido feito pelos jornais e telinha das tevês.

Caniço temeu pela vida naquela noite. Sentiu ódio e cheiro de morte no ar. Precisava escapar antes que fosse tarde. Sabia que, depois que o diretor Moraes se desse por satisfeito, a sorte dele ficaria por um fio.

Desta vez, não houve tempo de malocar nenhuma pedrinha para dividir com Ossada. Nem brotar um lanche. Na cela ao lado, o amigo choramingava de dor. Um dos guardas o esmurrara no estômago porque ele havia encrencado com um mané no refeitório. Ficou sem comer e ainda apanhou feio. Caniço quis fazer um afago, pedindo calma e o orientando a encontrar uma maneira de enfrentar a dor, o frio e a fome.

– Aí, tô na mesma hoje. O filho da puta do diretor me porrou a cara por causa de um vacilo meu na rua. – E complementou: – Tô vazio, vazio hoje, com frio pra caralho e na merda. Bora é meter o pé dessa porra aqui, tá ligado?

Caniço falou tudo isso com muita raiva. Por quase um mês, vendeu muita pedra, maconha e sacolé de branquinha para o diretor e sua corja. Mas bastou um vacilo para receber porrada como recompensa.

Alguma coisa eles precisavam fazer, e já.

Ao final da manhã, ao menos dois policiais se reuniam com o diretor Moraes a portas fechadas. Chegavam fardados e no carro oficial. Pela porta envidraçada, via-se a troca de envelopes, os risinhos e as caras sem-vergonha de satisfação. Em seguida, batiam em retirada, para voltar um ou dois dias depois, virando rotina.

– Essa porra não pode ficar assim, tá ligado? – vociferou Caniço, sem conter sua zanga. – Temos que dar uma moral nesse caô, pega a visão aí?

– Tô ligado, tô ligado. Mas como, se tamo trancado nessa porra de cela e levando sacode? – argumentou o amigo Ossada.

Era preciso bolar um plano, como sempre fizeram. Botar a porra da cachola para trabalhar, alugar a mente. Caniço, por acaso, tinha um. Quando voltasse pra rua, começaria a entocar grana para um plano B qualquer. Com dinheiro era tudo mais fácil, dinheiro ali compra tudo.

– E como meter os ganho nesses filho da puta do caralho? – perguntou Ossada, sem entender bem a parada.

– Ainda não sei, mané. Bora tentar dormir, tô gelado paca. Amanhã penso melhor.

– Tá, bora... valeu – despediu-se o amigo de grade.

Moraes trampou Caniço duas noites depois, mas antes o trancou em sua sala, onde apertou o moleque pelo pescoço, cheio de ameaças. Caniço foi pra rua durante toda a semana, pianinho, mas com o plano formulado na cabeça. Se não desse certo, ele e Ossada estavam fodidos.

Certa madrugada, depois de comer o sanduba e dividir uma gelada com o melhor amigo, abriu a parada do plano B.

– Como assim? Tá com essa grana toda e os viado não desconfiaram? – quis saber Ossada.

– Maluco, eu tiro cinquentinha por noite, eles só contam a parada deles lá, me mandam pra cá e tchau e bença, tá ligado? – respondeu Caniço.

– Mas mané, eles não te revistam porra nenhuma?

– Ih, tu acha que dou mole pra esses porras aí? Dou não. Sabe o que tô fazendo?

Ossada, de dentro da cela, mandou a voz rouquenha dizendo que não.

– Guardo no cu, maluco. Faço um rolinho bem enrolado e enfio no cu.

– Argh! – escarrou Ossada, que não sabia se ria ou se ficava espantado com a ousadia do amigo.

– Mulher de bandido não enfia celular na boceta? Então... No início foi foda, nego pra tu não. Mas no meu cu eles não põem a mão, nem desconfiam, até porque eu cago na mão desses meganhas logo. Assim, tenho uma grana intocada. Falta pouco para dar uma sugestão nesses porras aí, sacô?

Caniço já tinha sido revistado uma vez ou duas, mas coisa rotineira: mandaram arriar o short e tirar a camisa. Olharam ligeiramente aqui e ali, mesmo porque já era madrugada. Nada mais. Só ficou puto uma vez quando, ao abaixar o short, um dos comparsas do diretor deu tapinhas em sua bunda. Mas ele sabia, desde o primeiro dia, que dali não tiraria nada que pudesse lhe dar moral, ainda mais da corja daqueles putos.

– Agora é bolar o plano e vazar desse inferno – sustentou Caniço, com a aquiescência de Ossada, que ficou animado, dando gargalhadinhas do fundo de sua cela.

– Qual é o plano, então? – quis saber o amigo.

Caniço fez uma longa exposição do que vinha pensando. Tinha guardado entre quatrocentos e quinhentos reais, malocados em um buraco que fez num dos cantos da parede da cela. Em outro, entocava o cachimbinho e as sobras de maconha ou pedra.

Bateu para o amigo: o jeito era tentar comprar a fuga junto a um faxineiro ou zelador – os mais fodidos do lugar – que estivesse de plantão no dia. Geralmente eles tinham acesso às chaves, já que podiam entrar e sair da instituição para fazer a limpeza ou alguma inspeção. Já com os guardas, seria algo mais arriscado, dado o conluio deles com a direção. Dedurar alguém ou algum plano de fuga dava moral para eles, ficavam bem na fita, bem vistos e o cacete, passando a ter acesso a benesses e mordomias.

Os faxineiros e zeladores, não; eram considerados zés-ninguéns, pés-rapados, maltratados por todos, até pela molecada. Toda chance de ganhar um qualquer era bem-vinda. Aliciá-los, portanto, forrar a mão deles com uma grana e pegar cópias das chaves das celas e do portão que dava pra rua, esse era o plano. Depois era esperar a melhor hora e vazar pela madrugada.

Dias seguintes, um milagre aconteceu. Logo cedo, Caniço e Ossada foram tirados da cela. Um guarda jogou pela grade um uniforme novo para cada um, para que vestissem e saíssem, sem demora, para o café com os outros internos. O fedor era insuportável; os guardas, porém, já acostumados, nem ligavam.

Os dois amigos nada entenderam daquele gesto repentino. Estranharam, a princípio. Com os guardas à espera, vestiram logo as duas peças de roupa e calçaram o chinelo. Caniço demorou um pouco mais, estava com dificuldade de malocar o dinheiro, que dava um pequeno volume. Às pressas, enfiou dentro do short, prendendo dentro da cueca, embaixo do colhão.

Deixou a cela ao lado de Ossada, na frente dos guardas. Quando Ossada saiu, um deles viu o cachimbo de crack no chão e fez um gesto repreensivo com a cabeça.

– Viciado, filho da puta... Chupa caralho por causa dessa pedra maldita.

Quando chegaram ao andar de cima, acessado por uma rampa, dirigiram-se para o refeitório. No caminho, viram o pátio iluminado pelo sol. Ossada, que estava havia mais tempo intocado, se alegrou com a claridade.

Todos os internos estavam a postos e vestindo o uniforme tradicional – short azul e camiseta branca com as iniciais "I.P.S." nas costas. Mas, antes mesmo que pudessem comer o primeiro pedaço de pão com manteiga, chegou o diretor Moraes. Foi então que os dois amigos souberam o motivo do "milagre".

– Senhores – falou Moraes –, a 2ª Vara e o Ministério Público nos visitam hoje. É um dia especial para esta casa, que se vangloria de adotar medidas de correção e civilidade para com seus internados. Quero continuar a contar com a colaboração de cada um de vocês para que o dia de hoje saia de acordo com esta instituição, que trabalha para o bem-estar de todos vocês.

Disse essas palavras andando diante dos meninos, que permaneciam enfileirados e mudos. À frente dos mais indisciplinados e perigosos, donos de gangues, o diretor dava uma parada estratégica, olhando no fundo dos olhos, como se transmitisse uma mensagem aterradora. Um desses olhares foi, exatamente, direcionado a Caniço.

– Digo mais – continuou, sem pestanejar. – Não vou tolerar abusos, não vou tolerar sabotagem, não vou tolerar armadilhas contra minha pessoa e minha administração. Aquele que fizer algum gesto, se comportar de maneira imprópria ou insinuar alguma coisa para as autoridades vai se ver comigo, e pessoalmente. – Agora, chegava quase a gritar: – Não serei complacente com aquele merdinha que tiver a ousadia de desobedecer ao que acabei de dizer. Não preciso falar a vocês do que sou capaz.

Terminou o discurso parado na frente de Caniço, que tinha Ossada ao lado. Estava imóvel, evitando qualquer movimento para proteger o dinheiro alojado na cueca. Em seguida, o diretor deu ordem aos guardas para servir o café e preparar todos para a visita de inspeção.

Enquanto tomavam o café, no qual se fartavam como em um banquete, Caniço e Ossada percorriam com os olhos o imenso salão e o pátio da instituição. Visavam alguém para pôr em prática o tão almejado plano.

Era a melhor chance de suas vidas.

Naquela manhã, nunca se viu tanto funcionário circulando de plantão. Era gente que não acabava mais. Nos dias normais, isso não acontecia. Com o anúncio da visita das autoridades, o diretor mandou convocar, indiscriminadamente, todos os que constavam em folha de pagamento, inclusive os fantasmas. Muitos sequer trabalhavam; a maioria fazia parte da troca de favores a políticos ou a milicianos que lhe davam cobertura. Valia o velho toma lá, dá cá.

Mesmo nessa circunstância anormal, vários trabalhavam pesado agora, varrendo ou lavando corredores e apagando pichações das paredes. E, pasmem, vestiam a própria roupa com que vieram de casa. Era, de fato, uma movimentação para mostrar certa normalidade que, é claro, jamais existiu.

Em meio a esse tumulto de gente, que provocava alvoroço naquela manhã, com muito alarido e mistura de vozes dos internos, muitos abismados e aturdidos, pois raramente se reuniam assim, em grupo tão grande e de uma só vez, foi que Caniço enxergou a salvação de sua vida e do amigo.

– É ele – disse Caniço, fazendo um gesto com a cabeça. – Aquele ali. – Apontou o dedo discretamente na direção do funcionário Ibiracy, conhecido como velho Bira.

Bira era um homem baixo, de cabelos parcialmente grisalhos, que estava sempre uniformizado e que, em dias normais, era quem cuidava da entrada e saída das pessoas na instituição, como as visitas ou os entregadores de mercadorias, fossem dos Correios, fossem de fornecedores, assim como da entrega e saída do caminhão do lixo. Entrava e saía a qualquer hora, sem ser revistado ou mesmo inquirido. Era o cara. Praticamente era o dono do portão, tendo pendurado na cintura um molho de chaves para acessar os mais diversos cadeados e fechaduras.

Antigo servidor, oriundo do sistema penitenciário, sobrevivera a dezenas de diretorias, reformas administrativas, fugas de internos e crises institucionais. Além de tudo, conhecia Caniço e gostava do pivete.

Certa vez, disse:

– Esse cabra – chamava todo mundo assim – tem talento. Talento para furtar, para engrupir, para o desvio de conduta e para a bandidagem.

E Caniço, segurando como pôde no meio do braço de Ossada, asseverou:

– Tá dito, é Seu Bira.

Mas aproximar-se dele não seria molezinha. Em torno do velhote pairava uma chusma de guardas e de outros servidores que davam ordens a torto e a direito. Eles precisavam bolar um plano emergencial, que evitasse maiores suspeitas.

Cochicharam entre si. Os dois amigos se entendiam muito bem, relacionando-se como irmãos. Ao final de tantas confabulações, acertaram, na verdade, um plano muito arriscado, mas não tinham outro para lançar mão: Ossada levantaria para ir ao banheiro, que ficava no caminho de saída do refeitório, ao fundo do pavilhão. Fingiria passar mal, simulando um ataque qualquer, que poderia ser de nervos, espécie de desmaio, e cairia no chão. Na verdade, nada de anormal para os servidores; era comum acudir os internos que passavam mal por causa da comida, do calor ou do estresse psicológico causado, quase sempre, pelo confinamento. O objetivo era chamar a atenção dos guardas e dos funcionários. Após essa simulação, que levaria todos a acudir Ossada, Caniço entraria em ação, abordando Seu Bira para vender sua ideia e fechar o negócio.

– Tu não vai ter muito tempo pra armar a parada, tá ligado, né, maluco? Vai ser tipo aquele tal filme, *Missão impossível*, morô? – deu a visão Ossada, bastante apreensivo.

– Tô ligadão na atitude, maluco – devolveu Caniço. – Tô na responsa... – E respirou fundo.

Ossada largou o café pela metade sobre a mesa. Os guardas não se deram conta da armação do sestroso bandidinho, mas estavam de olho nele. A poucos passos da porta do banheiro, desta vez limpo devido à visita das autoridades, Ossada bambaleou as pernas e caiu no chão, estrebuchando e imitando, como verdadeiro ator, uma convulsão: soltava saliva pastosa pelo canto da boca, baba gosmenta, como se regurgitasse o café tomado. Na verdade, era mistura de cuspe com leite e farelo de pão e bolo. Parecia, de fato, vômito ou refluxo.

A armação deu certo. Todos correram em sua direção. Ninguém poderia imaginar o que estava por trás de tudo aquilo. O tumulto foi geral. Faltava pouco para as autoridades chegarem.

Porém, antes que o velho Bira seguisse o fluxo de curiosos, como aconteceu com todos os funcionários e o próprio diretor, Caniço o abordou em plena confusão, segurando-lhe o braço com força. O velho, a princípio, se assustou. Mas Caniço, ardiloso e astuto, em pouquíssimo tempo acertou tudo com ele, que já estava acostumado a facilitar a vida dos internos, cobrando favores em dinheiro.

Não houve dificuldade para tratar do assunto: a oferta da quantia mexeu com o humor de Bira. Seus olhos brilharam. Toda e qualquer merreca que lhe caísse às mãos era bem-vinda naquele antro da corrupção e da desordem. Caso descoberto, sofreria uma sindicância administrativa, poderia até ser afastado, mas logo estaria de volta ao batente, como em outras ocasiões. A falta de pessoal e a ineficiência do estado explicava tudo. Sabia bem o que funcionava no serviço público – e não era sindicância nem processo administrativo.

Enquanto Ossada terminava de ser atendido, sob a desconfiança de enfermeiros e guardas, que não engoliram muito aquele ataque de mal-estar, Caniço já estava de volta ao seu lugar na mesa, lépido e fagueiro, servindo-se de pão e café. Bira retomou seus afazeres, pois se tocou que tudo era caô dos dois capetinhas. Meia hora depois, Ossada, restabelecido da farsa, com a cabeça molhada do banho dado pelos assistentes sociais, voltava ao convívio do amigo, que mal escondia um riso de satisfação pelo plano bem-sucedido dos dois.

Ossada contou que o diretor Moraes tinha ficado nervoso, agitado. Não havia médico de plantão na casa, e o moleque foi atendido por enfermeiros e assistentes sociais. Enfim, foi um susto, concluíram todos, achando que a crise era decorrência do longo período sozinho na cela e do calor. Se era fraqueza, anemia ou intoxicação alimentar? Ninguém sabia ao certo. Só sabiam que, de repente, Ossada ficou bem. Alguém chegou a dizer: "Foi o banho frio". E os dois, à mesa, se divertiam com o sucesso do plano.

Caniço contou que foi fácil tratar com Bira, que já estava com o dinheiro. O velho ia providenciar cópias das chaves, das celas e do portão de saída. Deu toque também sobre o momento de vazar – entre meia-noite e 2 horas da madrugada, hora de recolhimento e relaxamento geral da guarda, quando muitos já estavam dormindo ou vendo televisão. Essa era uma boa hora, pois, além do silêncio, a guarita ficava vazia, e o pátio, entregue à escuridão. Tudo estava acertado, agora era aguardar a hora de acontecer.

A visita das autoridades que fiscalizam as práticas de jovens em conflito com a lei, por sua vez, foi um passeio. Ao contrário do que se imaginava, praticamente não saíram da sala do diretor, que, usando de um ardil como manobra, tratou a todos com cafezinhos, sucos gelados, água mineral, refrigerantes e bolachinhas, e tudo comprado com recursos do próprio bolso.

Seu Bira, que já conhecia Caniço e gostava dele, cumpriu o combinado à risca, na hora certa.

– A grana vai pra obrinha lá do cafofo – disse o velho ao repassar as chaves.

Os amigos tinham em mãos as chaves das celas e do portão de saída da instituição. Para não ficar no vazio, Caniço reservou duas notas de cinquenta para se manterem na fuga.

Seu Bira também fez mais. Com trânsito livre e acesso liberado, quando foi consagrar o combinado, jogou, pelas grades das celas dos dois, duas camisetas – uma para Caniço, outra para Ossada. Assim, quando estivessem na rua, não seriam identificados como internos de uma instituição para jovens infratores.

Caniço e Ossada tinham pressa. Qualquer erro seria fatal para os dois, sabiam disso. O diretor Moraes armaria tudo para pô-los a sete palmos de terra. Moraes era vingativo, cruel – disso não tinham dúvida.

Por volta de 1 hora da madrugada, começaram a se preparar para a fuga. Mais cedo, quando os guardas haviam passado para a inspeção geral, os "conferes" para ver se todos estavam em suas celas ou nos alojamentos – estes cedidos aos jovens que não tinham punição e não eram considerados perigosos –, os dois já fingiam dormir, cada um no seu cantinho, nas suas camas solitárias. Caniço, encolhido como um bebê no útero da mãe; Ossada, chupando o dedo, como era seu hábito.

Estavam determinados a escapar entre as 2 e 3 horas, seguindo à risca a orientação do velho Bira. Chegada a hora, abriram a porta das celas. Estavam nervosos e agitados. Acessaram a rampa que dava para as dependências e para o imenso pátio, de onde se via, ao fundo, a parte administrativa e a sala do diretor de um lado, e do outro, a quadra, o portão da garagem e a guarita de acesso de pedestres, por onde tentariam sair.

Nenhuma vivalma por ali. Distante, uma luz azulada denunciava que os vigilantes assistiam, de fato, televisão na sala do diretor, onde, em geral, ainda rolavam algumas bebidinhas e petiscos. Pelo visto, estavam à vontade e nem aí para porra nenhuma.

Com muito cuidado, os amigos chegaram até o pátio. Com mais cautela ainda, alcançaram o portão, que tinha um cadeado, mas que foi destrancado sem dificuldade. Ossada era bom de chaves e de arrombamentos. A visão geral ainda era de absoluto silêncio. Os homens que deveriam vigiar tudo estavam alheios, dormindo ou de olho no programa de tevê.

Abriram o portão. Ambos sentiram logo o primeiro frescor, trazido pelo vento, feito sopro de liberdade. Antes de se meterem rua afora, olharam para tudo, como uma derradeira despedida. Não tinham nostalgia daquilo, de onde suas vidas se desprendiam. Fecharam o portão silenciosamente atrás de si e ganharam a rua principal sem que ninguém desse conta deles. Do chão, cataram as duas camisetas deixadas por Seu Bira.

A felicidade tomou conta de Caniço e Ossada. Abraçaram-se efusivamente, recostados no extenso muro branco. Ganharam a rua ligeiros, a passos largos, para não dar na pinta a ninguém que pudesse passar por ali àquela hora, e distanciaram-se do local em minutos. Ossada estava esfuziante; Caniço muito ria.

– Se liga na responsa, maluco! – disse Caniço, dando uma abraçada no pescoço do amigo.

Andaram um bom pedaço, sem qualquer indício de perseguição. Sem a camiseta da instituição, que trazia às costas as iniciais "I.P.S.", e os chinelos, passavam por qualquer jovem de bobeira na madrugada. Depois de certa distância, passou por eles uma van de transporte a caminho do centro da cidade. Destino: Central do Brasil.

CAPÍTULO 6

O entorno da estação da Estrada de Ferro Central do Brasil, naquele pedaço da madrugada, ainda fervilhava de gente. Eram magotes de indivíduos marginalizados: bêbados, drogados, pessoas em situação de rua, pivetes, prostitutas e michês. Toda essa gente disputava um espaço exíguo entre o terminal rodoviário, um posto de gasolina, o acesso ao túnel João Ricardo e o Mercado Popular, que, é claro, se encontrava fechado. Tudo ali era um antro: fedentina de fezes e urina por todo lado, gente caída pelos cantos, lamúrias e lamentos agônicos, desordem geral.

Na altura da Central do Brasil, alguns policiais batiam papo, com a arma na cintura e o celular na mão, enquanto o movimento corria solto. Em cada canto desse perímetro do meretrício e da marginalidade, um posto era ocupado, havia um comando. Era como se soldados assumissem suas guaritas, protegendo seus fortes, talvez numa analogia com o edifício do Ministério da Guerra, que ficava ao fundo, com seu imponente paredão, como uma encosta fortificada a dar proteção àquela cidade sub-humana e submersa.

Nas imediações da rua Barão de São Félix, esquina dos sobradões centenários, mulheres sumariamente vestidas, com batom vermelho berrante na boca, circulavam para lá e para cá, com suas bolsinhas penduradas sobre o ombro, à cata de fregueses ou de um otário. Tudo isso era feito sob os olhos dos policiais, que, uma vez nos seus postos, nos seus postos permaneciam, alheios a tudo. E a vida seguia esse fluxo, com o movimento encarado com normalidade por todos. Estes eram os marcadores da região.

Caniço e Ossada desceram na altura do terminal rodoviário e se depararam com todo esse movimento. Ao saírem da van, fizeram uma parada de observação, girando os olhos em torno. Estavam excitados. Diante deles, a cena era de tranquilidade, com cada personagem em seu alvoroço habitual, com seus movimentos calculados, repetitivos e monótonos. Seguiram em direção ao Restaurante Popular, onde, àquela hora, havia um grande número de pessoas alojadas, deitadas, algumas dormindo pelo chão. Dali seguiram tomando o muro da linha do trem. Precisavam descolar alguma roupa que desse menos na pinta: ainda vestiam o short azul e os chinelos de dedo fornecidos pela instituição, e as camisetas arranjadas por Seu Bira eram velhas, fora de moda e mal lhes cabiam.

Caniço tinha uma alternativa: a casa de uma mina que conhecera vendendo drogas, em dia que fazia ponto por ali. Andara dando uns pegas na garota, com quem apertava uma maconhazinha. Ela morava num barraco ali perto, antes da passagem do viaduto, coisa de cem a duzentos metros do terminal rodoviário. Com sorte, poderiam se encontrar com ela, conseguir um lugar para ficar e descolar roupas novas. Decidiram ir. No trajeto, compraram latinhas de cerveja e cigarros numa birosca que queimava uns churrasquinhos e tinha uma música barulhenta.

Ainda com as latinhas na mão, chegaram ao barraco da mina: uma habitação tosca, metade de tijolos, metade de madeira, com um telhado de amianto, zinco e telhas de barro. A porta estava semiaberta, não tinha qualquer tranca ou fechadura; num buraco vazado na madeira, passava um pedaço de arame que servia para deixá-la amarrada.

O dia estava prestes a amanhecer. Talvez por sentir um movimento ruidoso do lado de fora, de dentro surgiu uma garota morena, esguia, de cabelos não muito longos e com a franja colada à testa por algum tipo de gel brilhante. Vestia uma bermuda verde de pano mole, tipo flanela, bastante justa. Era bem servida de corpo, os peitos fartos saltando sobre o decote do top branco. Chamavam a atenção os tipos variados de anéis que tinha nos dedos, bem como os brincos nas duas orelhas e um *piercing* na altura do umbigo, que sustentava uma pequena corrente dourada, como um minúsculo colar.

Ela não se espantou com a presença de Caniço e do amigo. Pelo contrário, sorriu ao vê-los.

— E aí, Robertinha? — disse Caniço, devolvendo o sorriso de boas-vindas que recebeu e já tascando um beijo na boca da gata, que não tinha mais que 17 anos.

— Olá, sou o Ossada — adiantou-se o parceiro, sob os olhares do amigo.

— Roberta — disse ela, simpaticamente. — Mas todo mundo me chama de Robertinha.

Entraram no barraco. Do lado direito da porta, um sofá velho, de couro avermelhado, com dois buracos, um no meio e outro no encosto. Logo à frente, um fogão com panelas de alumínio e pratos usados por cima, e, sobre ele, um armário de parede de latão branco esmaltado — e encardido — sem uma das portas. À esquerda, um biombo que servia de banheiro, e ao lado dele, um pequeno quarto com uma cama, um guarda-roupa e um berço, onde dormia uma criança de 1 ano e 6 meses. Robertinha era mãe solo, como a maior parte das mães da sua idade. Por último, no fundo do barraco, outro compartimento com outra cama bem tosca: o quarto da mãe de Robertinha, que já tinha saído para trabalhar; fazia faxina na Dutra, uma empresa na altura de Belford Roxo.

Caniço e Ossada mal entraram e foram logo se sentando. Robertinha puxou uma cadeira, dessas de tubos de alumínio, e sentou-se à frente deles. Pelos trajes dos dois, entendeu a situação da qual vinham. Ela já havia passado um período internada para cumprir pena socioeducativa em outro instituto, o Santos Dumont, também na Ilha do Governador, para o público feminino. Sabia das manhas.

– E aí, meteram quando a fuga? – perguntou, sem cerimônia, olhando na cara de cada um.

– Ontem de madrugada. Armamos com um funcionário, foi molezinha – respondeu Caniço, antes que Ossada desse a versão dele. – Acho que até agora eles não sabem que a gente vazou.

– Então, qual é a parada? – quis saber Robertinha.

– Precisamos arrumar umas roupas aí, sacô? – falou Caniço. E se adiantando: – Temos umas sessenta pilas aqui, é o que temos, tá ligado?

Robertinha, pensativa, deu uma virada positiva com a cabeça. Enquanto isso, sem que ela e o amigo percebessem, Ossada admirava sua beleza. Para a idade, ela era tipo mulherão, expressiva e corpuda.

– Pega a visão aí – disse ela. – Tem uns panos aí que eram do meu padrasto. Como ele picou a mula, de repente pode servir pra vocês.

Os amigos se entreolharam sem saber o que dizer. Robertinha então se levantou e foi para trás do biombo, onde se demorou por uns dez minutos ou mais.

– Aí, aí – Caniço se apressou em dizer, em voz baixa. – Ela é muito gata, maluco!

– É, que fita, hein, maluco – reagiu o amigo, com os olhos arregalados.

Robertinha voltou com camisetas de malha e uns bermudões que em nada tinham a ver com eles. Os dois se entreolharam outra vez, zombeteiros. Ela apoiou as peças no braço do sofá e, uma a uma, foi mostrando a Caniço e Ossada. Era tudo bem careta, coisa de gente mais velha, mas "quem não tem cão...", pensaram eles. As roupas ficaram um pouco grandes em Caniço e Ossada, dois corpos franzinos. Robertinha se divertia e ria, risada que contagiou geral.

Passaram boa parte da manhã conversando sobre coisas da malandragem, sobre a fuga do instituto – cuja notícia provavelmente sairia nos jornais –, a movimentação da boca de fumo, a vendas de drogas e de como descolar uma grana para os três. A menina ficou curiosa sobre o lance do gringo no hotel.

– Vou te dizer, aquela foi responsa – falou ela, entusiasmada.

Então, um choro zangado estourou no fundo do barraco. Era a criança, que, afinal, resolvera dar o ar da graça, reclamando o peito da mãe.

– Cara, nem te digo, tô com esse molequinho me sugando toda – disse Robertinha, indo em direção ao choro da criança. – Mas assim que minha velha chegar, a gente pode dar um rolê na redondeza.

Voltou do quarto com a criança nos braços. O garotinho parecia assustado, mas era efeito do despertar.

A mãe ajeitou-se num dos lados do sofá, tirando o lugar de Caniço, e cruzou as pernas para apoiar melhor o menino. Sem cerimônia, tirou um dos seios do top e enfiou na boca da criança, que sugou sofregamente. Caniço não estranhou tanto, mas Ossada arregalou os olhos, que ficaram meio vidrados. Na verdade, ficou sem jeito, desconfortável.

A criança, robusta, tinha o rosto bem redondinho. Robertinha, enquanto amamentava, aproveitou para contar sua saga pelos hospitais para dar à luz o filho.

— Rodei igual uma perua bêbada pra parir esse moleque. Neguinho olha pra gente e diz logo que não tem vaga. Moleque, nem te digo: o racismo é fogo. Basta a gente ter uma corzinha um pouquinho mais queimada e pronto, estamos fora da parada. Rapá, quase que esse molequinho nascia no ônibus a caminho da maternidade Carmela Dutra, sabe? Aquela lá do Lins?

Caniço não sabia, tinha nascido no hospital Olivério Kraemer, em Realengo, na zona oeste.

— Do caralho, mané! — exaltou-se Ossada, impressionado com o relato.

— Um sujeito ainda disse, na minha lata, que essas crianças nascem e ficam por aí, de mães perdidas. Tremendo filho da... — Ela fez uma pausa, então continuou a saga: — Caraca, fiquei cinco horas a fio numa fila de espera, cheia de dor. Neguinho não tá nem aí pra tua situação. Tava vendo a hora do moleque nascer no corredor do hospital, comigo sentada na cadeira. Pior foi que, depois de tudo isso, o pessoal do hospital ainda enrolou pra dizer se tinha vaga. O menino nasceu bem, sugando muito o peito, com vontade.

O dia estava pelo meio-dia, indo embora. A conversa dos três rendeu oito latas de cerveja, quase um maço de cigarros e um baseado, dividido entre todos. Quando bateram o rango, já eram 2 horas e pouco da tarde. Antes, ficaram beliscando pão com mortadela e salgadinhos tipo batatinhas chips.

Perto das 6 horas da noite, irrompeu da porta a mãe de Robertinha. Vinha com sacolas de supermercado nos braços, mais uma bolsa a tiracolo. Duas das sacolas estavam cheias de latinhas amassadas, que ela ia catando a caminho de casa para vender no depósito.

Dona Maria do Socorro, ou apenas Dona Socorro, como era conhecida na comunidade, era uma senhora nordestina de uns 40 anos, embora aparentasse mais idade devido à velhice precoce. As rugas na testa davam uma aparência dura, quase rude, ao rosto oval, encimado por uma cabeça achatada, de cabelos curtos e parte grisalhos. Ao contrário da filha, não usava bijuterias. Aliás, odiava, dizendo sempre que quem gostava de corrente era senhor de escravos.

Ela olhou a turma sentada no sofá e queixou-se do cansaço. A filha apresentou os dois amigos, ambos vestidos com roupas do seu ex-companheiro. Ela não reclamou, podia fazer uma ideia da situação.

– Pelo menos esses trapos serviram pra alguma coisa – disse, secamente. – Eu já ia mesmo vender pra um brechó, me renderiam algum trocado. Não faz mal, caíram bem em vocês dois...

Ficaram os quatro conversando. Dona Socorro, bebericando uma cervejinha no copo de plástico, falou da rotina do trabalho, de sair de casa de madrugada para não perder o horário e do patrão que não largava do seu pé, reclamando que nada estava limpo como deveria.

– Esses porras nem sabão querem comprar direito, mas exigem tudo limpinho e asseado – relutou.

Compraram mais algumas cervejinhas, na birosca ao lado, que a mulher bebeu com grande vontade. Por volta das 9 horas da noite, Robertinha anunciou que ia tomar banho. Como não trabalhava, quem sustentava a casa era a mãe.

– Só quer saber disso; trampo, nada. Puxou o pai, aquele filho de uma égua – sentenciou Dona Socorro. Com "disso", referia-se aos bailes funk. – Que não vá me arrumar nova barriga – determinou a mãe, com os olhos fixos em Caniço e Ossada. Mas, no fundo, havia se afeiçoado a eles.

Depois de passar com uma toalha na mão e uma calcinha de renda branca – que ela parecia fazer questão de mostrar para zombetear da mãe por ter falado sobre arrumar barriga –, Robertinha tomou o rumo do banheiro, de onde voltou uma hora depois, dessa vez enrolada na toalha, que moldava as formas de seu corpo.

Meia hora mais tarde, surgiu vestida com uma calça tipo Gang e uma camiseta pouco acima do umbigo, além de toda montada no batom vermelho e na base. Nos pés, uma sandália Anabella. Iriam na Providência, foi o que disse à mãe; ia ter um baile funk lá.

– Lá tem baile todos os dias, com muito bandido e droga. Aquilo parece um antro de desocupados – disse Dona Socorro, com ar de pouca paciência para esse tipo de ambiente em que a filha se metia.

Era ela quem tomava conta do neto quando a filha saía para as baladas. Se o menino chorasse, tocava-lhe para dentro do bucho uma mamadeira reforçada com leite e aveia.

– Não sou sua empregada, veja se toma jeito na fuça! – quase gritou quando eles saíram, como era hábito, por sempre falar alto.

Eram exatamente 11h30 da noite quando partiram. A essa hora, o baile estava apenas começando.

– Não esquentem com nada – disse Robertinha, com o rosto risonho. – O baile hoje tem patrão: Robinho Capeta, o dono da boca.

Robinho Capeta era um tipo excêntrico: bandido boa-pinta, mas vingativo e sanguinário. Respeitado pela bandidagem, era tido como um dos mais perigosos do mundo do crime no Rio de Janeiro. Todo mês, promovia um grande baile chamado "Caldeirão do Provi", regado a cerveja, uísque barato, bebidas energéticas e drogas, tudo inteiramente liberado. A festa era marcada sempre para comemorar o bom saldo da arrecadação das bocas de fumo e das ações do grupo, que em geral era bem alto. Estima-se que constituía a segunda maior arrecadação do estado, depois das favelas da zona sul.

O baile acontecia na Vila, no alto do morro, e era conhecido como "chapa quente". Pra lá seguiram Caniço e Ossada, guiados por Robertinha, muito querida no local. A garota subia o morro sob saudações de homens e mulheres. Na altura do Oratório do Cruzeiro, um senhor, acenando efusivamente o braço, perguntou por sua mãe.

A entrada do baile estava tomada de gente. Logo os dois amigos viram onde estavam se metendo. Circulavam no local homens armados – os chamados guardas do tráfico –, adultos e jovens com todos os tipos de vestimenta – elas com os cabelos trançados ou alisados, eles com a cabeça raspada ou os cabelos descoloridos, com exibição de cordões de ouro e prata no pescoço.

Deram um tempo antes de entrar. A popularidade de Robertinha era enorme, e mesmo grudada em Caniço, a rapaziada a abordava geral, sem dar conta pro namorado, que mal era cumprimentado, por isso ficou meio bolado com a situação. Robertinha achava graça e acarinhava e beijava Caniço, como uma forma de dizer "relaxa, está tudo bem".

Cerca de uma hora depois, entraram no baile, que fervia. O local, uma quadra coberta, tinha duas extremidades após o portão de entrada: um grande bar e banheiros para mulheres e homens. Na lateral do que era também usado como quadra de jogo de bola, uma enorme parede de caixas de som, tendo no centro o palco, onde se viam amplificadores, canhões de iluminação, microfones, duas luminárias e oito caixas de cornetas. Talvez por causa da grande movimentação, a música berrava bem alta nas caixas de som, executada pelo DJ Ratinho, que se destacava pelo cabelo todo prateado.

Os três procuraram um local para uma parada básica. Como a cerveja era de graça, trataram de providenciar uma lata para cada. Caniço e Ossada estavam receosos, era um lugar estranho para eles, e contavam com a ajuda de Robertinha para se movimentarem no baile.

Depois que molhou a garganta, Robertinha começou a mostrar seus dons de dançarina, instigando Caniço para a roda. O namorado não levava jeito, e se sentia mal arrumado com aquela roupa "nada a ver", como ele dizia. Mas Ossada, sem ligar para os grilos do amigo, começou a balançar o esqueleto.

Pelo início da madrugada, o baile corria solto. Era uma ferveção só. A azaração era geral. Pelos cantos e paredes, corpos grudados se movimentavam e se espremiam entre amassos e beijos. No meio da quadra, onde incidiam vários feixes de luz coloridos, muita gente dançava sensualmente e cantava as músicas. O DJ gritava pelo microfone, incitando a galera. Enquanto isso, um trenzinho com quase uma dúzia de pessoas passava, puxado por uma mulher baixinha e sensual.

A bandidagem estava toda alvoroçada. Gritos de saudação saíam do microfone do DJ. Havia chegado na quadra o chefão Robinho Capeta. Estava acompanhado de duas crianças, presas uma em cada mão, e várias mulheres. Usava um cordão grosso de ouro no pescoço, onde se via um medalhão com as iniciais "RC", de Robinho Capeta. À esquerda da cintura, trazia também uma pistola, bem à vista, e à direita, dois objetos pendurados: um celular e um rádio transmissor.

Caniço sabia que alguma coisa tinha mudado, ou pressentia isso. Estava ligadíssimo. A presença do bandido chefe transformara o clima do local. Todos continuavam se divertindo, mas o ambiente era outro. Por todos os lados, a movimentação de homens e mulheres era geral, alguns com armas em punho, demonstrando o poder de fogo do traficante.

Encostada num extremo da quadra, com uma visão ampla do bar, do palco e da galera, se aglomerava a gangue, com Robinho Capeta entre eles. O local estava cercado e protegido, com alta concentração de drogas e bebidas. Uma pequena mesa de madeira era usada para enfileirar o pó e a erva, além de pedras de crack. Havia muita branquinha e maconha, e gente de todo tipo, de jovens a adultos, cheirando ou fumando. A noite prometia.

Robinho Capeta tinha excentricidades. Uma delas, tomar uísque com cerveja. O bandido se dizia requintado. Ex-militar paraquedista, havia deserdado ainda quando cabo, trazendo na bagagem da vida militar experiências para o grupo de mais de sessenta homens e mulheres que liderava na Providência. Comandava a célula do tráfico com mão forte, mas com certo estilo de poder.

Seu arsenal não era dos piores: tinha FAL, ParaFAL, pistolas, AK-47 – seu preferido –, G-3 e AR-15. Em suas ações, também gostava de usar granadas para explodir patrulhas e táticos móveis, conhecidos como PATAMOs, de preferência com policiais militares dentro. Com isso, construiu fama de mau e periculoso. Instalado na Pedra Lisa, uma região estratégica da cidade, a exemplo da Rocinha, era considerado o líder de uma das quadrilhas mais bem munidas do estado. A exibição de armas se fazia para qualquer pessoa e por qualquer motivo, e o comércio de drogas era feito como em um mercado público, abertamente.

Caniço e Ossada continuavam na deles, acompanhando Robertinha, que se largava na dança. Suada e cheia de calor, com a toalhinha de mão encharcada, a garota era só alegria em meio a toda aquela festa com som alto e azaração.

Caniço, embora não aparentasse, estava receoso, mas segurava firme a pressão. Ao mesmo tempo, gostava da parada e queria se divertir. Ele não tinha ideia da repercussão de sua fuga. Àquela altura, já tinham dado falta dele e de Ossada. Mal sabiam que Moraes queria a caveira deles.

Dançando muito, Robertinha incitava o namorado a fazer o mesmo. A cada intervalo da música, beijava e abraçava Caniço, que correspondia com efusão. Estava feliz, o moleque, sobretudo depois da fuga, por sentir o frescor da liberdade. Foi num desses beijos e afagos que Robertinha sugeriu que ele fosse pegar umas latinhas de cerveja, mas, sentindo a trava do namorado, que pisava em ovos em um terreno que não conhecia, resolveu ir junto.

Ossada permaneceu na dele; não queria ficar caminhando na quadra de chinelo, motivo pelo qual Caniço também não queria muito se mover.

Ao se dirigir para o bar de mãos dadas com a namorada, Caniço percebeu mais uma vez a popularidade de Robertinha, dessa vez entre os guardas do tráfico. Curvados no bar, onde o tumulto era enorme, um homem armado de pistola reluzente tocou as costas dela.

– Se liga aí, Robertinha, o patrão quer tua presença lá – disse o homem magro e dentuço.

Robertinha, que já conhecia a figura, aquietou o namorado, que tinha os olhos arregalados. Garantiu que não havia nenhuma azaração no meio.

Enquanto a mina se dirigia à presença de Robinho Capeta, Caniço ficou estacionado no bar, manezando, com duas latinhas de cerva na mão. De repente, foi surpreendido por um aceno de mão e um quase-grito, ouvido por ele em meio à balbúrdia de vozes.

– Amor...! – Robertinha o chamou, arrancando-o de um certo transe.

Ao lado dela estava Robinho, que não perdeu tempo:

– "Amor"? Ih! Que parada é essa... – disse o chefe do tráfico.

Os que estavam ao seu lado riram, mas um riso de adulação.

– O chefe quer te conhecer! – falou Robertinha, olhando nos olhos de Caniço, que parecia assustado.

Ao se aproximar de Robinho, Caniço não escondia certa tremura e nervosismo. Imaginara muita coisa ao entrar no baile, menos aquela cena. Tinha plena consciência de quem estava à sua frente, sabia que ele era o chefão do morro, o líder do tráfico da cidade.

– Porra! – exclamou Capeta, se levantando. – Logo vi que já manjava tua cara.

Caniço empalideceu, quase baixando os olhos, e balbuciou:

– Ih, o bicho pegou! – falou, fingindo naturalidade.

Olhou em volta, para a turma toda que cercava Robinho: mulheres altas e baixas, bonitas, nos panos e nas joias, e homens de colares e bonés vistosos.

O bandido continuou ante a apreensão – agora um pouco maior – de Caniço:

– Veja só, rapaziada, quem deu a honra de vir participar da nossa festa!

Geral olhou para Caniço após a fala do chefe. O moleque só faltou peidar de susto. Por outro lado, Robertinha ficou abismada, pois não supunha que aquela cena fosse acontecer.

Imediatamente, Caniço pensou estar fodido e mal pago. Não tinha como abrir fuga. Sem chance. "Caralho", imaginou, acreditando se encontrar no covil de uma fera.

Antes que explodisse de nervosismo, Robinho Capeta deu um passo na direção dele e pôs a mão em seu ombro, com um sorriso maroto no canto da boca:

– Mas você tá famoso, hein, cumpadi? Ouvi muito falar em você, tá ligado? – disse o chefe da quadrilha, muito animado.

Vendo que tinha se enganado, Caniço relaxou de vez, ficando claro que sua trajetória já despertava a simpatia de altos marginais. Logo a cúpula de comparsas de Robinho Capeta se aproximou do moleque, reverenciando-o e festejando-o pelos feitos no hotel Copacabana Palace.

– Orelha – ordenou o traficante a um dos seus soldados –, traz um copo pro nosso amigo tomar uma lapada
de uísque comigo.

– Só com você, chefe? – arriscou perguntar Orelha.

– Por quê? Tá com ciuminho, caralho? – sacaneou
Robinho Capeta, despertando gargalhadas gerais.

Imediatamente, o sujeito baixinho, com um defeito
na orelha devido a uma mordida de cachorro, sobraçando
um AR-15, foi e voltou num pé só com o copo na mão,
com pedras de gelo dentro, para Caniço tomar o uísque.
Uma cadeira foi providenciada, e quando ele se encontrava
confortavelmente instalado, Robertinha veio puxando
Ossada, que, de longe, imaginou várias situações para o
amigo, menos que estivesse em posição tão boa.

– Esse é Ossada – adiantou-se a garota, apresentan-
do-o ao chefe do bando, que apenas sorriu.

Ossada também entrou na roda, bebeu uísque – que
não gostou – e conversou com o restante da quadrilha.

Robinho estava muito admirado com os feitos de
Caniço. Destacou sua atuação junto ao gringo, mas falou
também da "fuga espetacular" do Padre Severino, e então
Caniço mudou a tez. Metendo bronca no uísque, abriu um
sorrisinho matreiro. Passou a se sentir. Robinho ofereceu
uma porção de branquinha, além de cigarros de maconha,
dos compridos, para ele escolher.

Enquanto os dois conversavam, Robertinha se acabava na dança. A música alta e o DJ empolgadaço conseguiam colocar a galera na fervura. Numa roda, mulheres se
esfregavam nos homens, requebrando sensualmente como
se fossem se enroscar no corpo dos parceiros de dança.
Contagiada pela música, descendo e subindo bem devagar,
as mãos na cintura, o quadril no molejo, Robertinha, na

onda do batidão, como caldeirão em chamas, acompanhava o coro de vozes:

Eu vou comer você em pé
Ahn, ahn
Eu vou comer você em pé
Ahn, ahn

Ao mesmo tempo que Robinho dava atenção a Caniço, os soldados estavam em alerta máximo dando proteção ao chefe. À volta dele, mulheres, homens e até algumas crianças se postavam como uma parede humana.

Caniço estava entretido no meio da bandidagem e no papo com Robinho, que quis saber mais sobre o moleque – o que fazia, se tinha planos, se sabia o que queria fazer da vida.

Não, Caniço ainda não sabia. Afinal, tinha acabado de voltar à liberdade, e provavelmente estava sendo procurado por toda parte pela cidade. Repetiu a ladainha a Robinho: disse que havia acabado de fugir do Padre Severino, onde estava sendo usado pelo diretor filho da puta para vender bagulhos, financiado pelas milícias. Sabia que seria caçado ferozmente por policiais corruptos, os "poliças" ladrões fardados infiltrados nas esferas do poder, sobretudo no comando dos batalhões. Contou como e por que chegara ao morro da Providência, e como conhecera Robertinha durante sua atividade na rua.

Em meio a tanto barulho, o bandido ouvia tudo com atenção, pitando maconha enquanto Caniço falava, falava e falava, dando um tapa na bebida.

– Me bateram que tinha um dimenor vendendo crack lá pra baixo, perto do posto de gasolina. Vigiando os passos, só não liguei que era você, tá ligado? – falou Robinho, achando aquilo muito interessante.

A hora avançava, e Caniço manifestou intenção de ir embora.

– Fica! – determinou o bandido. – Você é meu convidado, pode crer. Vamos morder umas carnes.

Lá pelas 4 horas da manhã, o local ainda estava cheio, festivo, com muitas pessoas interagindo, sem brigas, apesar do acesso às drogas e das bebidas rolando por toda parte. Pelos cantos, via-se de tudo: homens caídos, casais aos beijos e abraços, outros papeando. No geral, havia paz e diversão, por incrível que pareça.

O dia estava clareando quando Caniço recebeu um toque de mão de Robinho.

– Volta aí pra gente conversar umas paradas, tá ligado? Saiba que você é bem chegado por aqui – disse o chefe, em gesto amistoso.

Caniço desceu o morro nas nuvens, ao lado da namorada e de Ossada. Passar a noite na companhia de Robinho Capeta, líder do tráfico, chefão da bandidagem, sendo tratado com respeito, não era para qualquer um. Robertinha e o melhor amigo vibravam por ele.

Chegaram ao barraco e encontraram a mãe de Robertinha acordada, agoniada com a hora; não podia se atrasar para o trabalho. A velha chegou a ouvir o zunzum sobre o encontro com o traficante. Era uma das coisas que ela temia, embora, ali, visse como inevitável: a filha se tornar mulher de bandido. Robertinha tinha o perfil: era nova, bonita, com um corpão – prato cheio para a malandragem dar moral. No geral, o preço era alto: servir de mula, parceira sexual, parideira e viúva, com o risco de sair com uma mão atrás e outra na frente para tapar a nudez e a vergonha.

– Roberta, ponha eles pra dormir aí na sala. Um dorme no sofá, o outro no chão – falou Dona Socorro, saindo porta afora.

– Minha mãe é amarga da vida – falou Robertinha, explicando que dois de seus irmãos haviam morrido, um pelo crime organizado, outro por policiais. Restara uma irmã, que não aguentou a miséria e picou a mula para virar prostituta na Europa. – Hoje ela só tem a mim e ao neto, que é tudo o que a segura.

A garota então se retirou para trás do biombo, onde demorou uns quinze minutos. Quando voltou, trouxe algumas peças de roupa de cama e entregou uma parte a Caniço, que ia dormir no sofá, e outra a Ossada, que dormiria no chão. Estava vestida com um shortinho minúsculo, cor-de-rosa, que lhe detalhava o desenho da bunda. Caniço e Ossada olharam calados. O efeito do uísque, da tampinha na branquinha e da beiçada na maconha havia nocauteado os dois parceiros de jornada. Foram dormir com aquela bela visão na mente.

Por volta das 10h30, o sol batia a pino sobre o teto de zinco do barraco. Caniço sentia a cabeça arrebentar de dor, como se tivesse levado uma marretada – efeito do uísque de terceira que bebera com Robinho. Ossada também acordou, de cara amarrotada, reclamando das costas e do fígado, parte pelo chão do barraco, parte pelas bebidas que havia ingerido. Sem posição para dormir, sofreu com as costas ossudas no chão e uma colcha furada.

Robertinha estava acordada fazia algum tempo. Sentada sobre a cama, amamentava o filho, que choramingava de fome. Caniço entrou no biombo e encontrou a namorada de shortinho curto e trajando microblusa, uma tentação diante dos seus olhos. Mas se conteve. Além da criança, seu amigo estava na sala.

Tomarem café e conversaram sobre a festa da noite anterior, quando Caniço comunicou a Robertinha que iria até a casa da avó. Precisava de um lugar para ficar durante os próximos dias, trocar de roupa e ver o que faria da vida. Ela concordou. Só não queria ficar muito tempo longe do namorado, e pediu, se possível, que ele voltasse logo. Ossada iria junto, mas que voltasse também, pois, rindo, disse ao novo amigo que não se importava de ter uma vela na cola deles.

Depois de se despedir com beijos e abraços, Caniço chamou Ossada e os dois tomaram o rumo da Central do Brasil. Naquele horário do dia, aquele trecho da cidade era dos mais movimentados. Ônibus – os "quentões", sem ar-condicionado –, carros e vans de passageiros, vindos, sobretudo, dos principais pontos da Baixada Fluminense – Duque de Caxias, Belford Roxo, Nova Iguaçu, Nilópolis, Queimados – e arredores da cidade, tudo cuspia gente para pegar o trem ou ganhar a cidade dita "maravilhosa" ou se deslocar para os lados da zona sul. Alternativa ao serviço dos ônibus, as vans, cujo ponto ficava ao lado do terminal rodoviário, atrás do posto de gasolina, no terreno de um prédio velho, centenário, em ruínas, disputavam passageiros aos gritos e na marra.

No caminho que os dois faziam, rente ao muro da linha férrea, próximo de chegar à gare da Central, havia o Restaurante Popular. Naquele horário da manhã, uma multidão já se aglomerava para o almoço do meio-dia. Caniço e Ossada estavam com as mesmas roupas da noite anterior, e de chinelo no pé. Caniço usava ainda uma touca, presente da namorada, também "herança" deixada pelo padrasto. O prédio da Central do Brasil, cujo relógio imponente encimava uma torre magnífica, rivalizava com o sol todo poderoso. À noite, uma iluminação especial, brilhante e encantatória, deixava a torre toda acesa, transformando-a num grande farol.

Chegaram, enfim, à estação. Uma grita de homens e mulheres, velhos e jovens, lentos e apressados, curvados e tristes, transitava pela extensa gare. O esforço para chegar ao guichê sem esbarrar em ninguém era praticamente impossível. A decisão de Caniço de ir à casa da avó em Moça Bonita, bairro de Padre Miguel, com o amigo, foi tomada com cuidado e certo receio, pois sabia que poderiam estar sendo procurados depois da fuga do Instituto Padre Severino.

Avançaram a roleta e pisaram na plataforma. No alto, um dos painéis indicava que o trem do ramal de Santa Cruz sairia da linha 6. Algo comum, a máquina era velha, barulhenta, não tinha ar-condicionado e estava esculhambada pela falta de cuidado e manutenção. O vagão estava quase vazio. No trajeto para a zona oeste, os trens, que não tinham mais de dois vagões, não transportavam muitos passageiros.

A luz vermelha piscou acelerada, um indicativo da partida imediata da composição. Escolheram o banco perto da porta para aproveitar o vento que vinha de fora sempre que o trem parava ou dava partida. Ao se sentarem, baixaram o trinco que sustenta o corrimão de abertura da janela, destravando as trancas. Em seguida, do banco onde estavam, passaram a observar a movimentação de entrada de passageiros. Pronto. Agora era esperar a partida, sempre atrasada, e rumar para o subúrbio.

A viagem correu tranquila, e o trem era parador. Passaria por inúmeras estações até chegar à de Padre Miguel, onde os dois desceriam. Mesmo papeando, estavam de butuca, e observaram, no banco da frente, duas mulheres comentarem trechos de notícias do jornal *Meia Hora*, que, atentas, liam em conjunto. Folheavam página a página, sem pressa, fixando-se aqui e ali.

De repente, as duas se detiveram numa notícia específica, e ficaram indignadas: uma quadrilha se especializara em roubar cabelos de mulheres nas ruas. O jornal trazia a última ocorrência dos criminosos, narrando o caso de uma moça branca, rendida e imobilizada a caminho de casa por dois homens armados, que cortaram seu cabelo bem na altura da nuca, impiedosamente.

– Imagina se fizessem comigo. Ai, meu Deus! – disse uma delas.

– Eu enlouqueceria se ficasse careca – exaltou-se a outra, ainda mais assustada.

O assunto chamou a atenção dos dois companheiros, e foi aí que Ossada tocou no braço de Caniço, apontando para a página do jornal virada na direção deles.

– Caralho...! É nós, maluco! – Caniço gaguejou, olhando nos olhos de Ossada.

Obviamente, o jornal deveria ser velho, não daquele dia. Os dois arregalaram os olhos para a manchetinha sobre a fuga deles do instituto da Ilha do Governador. Sensacionalista, o jornal noticiava com estardalhaço que "dois delinquentes" haviam fugido do Instituto Padre Severino pela porta da frente:

Infratores fogem do Padre Severino

Dois menores que cumpriam pena socioeducativa no Instituto Padre Severino fugiram na madrugada de ontem da instituição, localizada na Ilha do Governador. De acordo com a direção do instituto, os jovens escaparam pela porta da frente, tendo em vista que nenhum sinal de arrombamento foi percebido. A hipótese de terem pulado o muro, embora alto, não foi descartada.

O diretor Marcos Moraes declarou que abrirá sindicância para apurar o caso. Os infratores, conhecidos pela alcunha de Caniço e Ossada, são extremamente perigosos, tendo já várias passagens pela instituição e uma extensa folha de delitos, como uso de drogas, porte de armas, roubos, furtos e tratativas de homicídio. O caso foi registrado na 37ª DP (Ilha do Governador).

Não havia fotografia de nenhum dos dois na página, toda ocupada pela matéria. Era um alívio. O resto da notícia eles só saberiam depois, ao chegarem à casa da parenta. Antes do término da leitura, as moças viraram a página, passando a comentar aquela notícia sem imaginar que os próprios personagens da história estavam no banco à sua frente.

Os dois desceram na estação de Padre Miguel pelo lado do CIEP Mestre André, localizado uma quadra antes da Escola de Samba Mocidade Independente. Para chegar à casa da avó Maria, seguiram caminhando por uns dez minutos por uma rua de terra, esburacada, com mato pelas beiradas e lixo espalhado por todos os lados. A certa altura, Caniço fez Ossada olhar, com o dedo apontado em riste, em determinada direção. Indicava o barraco de Angélica, a garota que conhecera no aniversário de Beiço, dono do esquema da área.

Como sempre, a avó aguardava sua chegada. Ao apontar na esquina, Caniço a avistou na porta do barraco, com seu vestido comprido e estampado, descortinando-o no horizonte. Logo que viu os dois, ela os cumprimentou, como sempre fazia com o neto, com ar cordial e de alívio. Tinha um aspecto sereno sempre, parecendo estar completamente aérea, fora daquele mundo.

Caniço não levou mais de cinco minutos conversando com a avó. Puxou Ossada pelo braço e entrou na casa, dirigindo-se para o quarto. Imediatamente, começou a procurar bermudas e camisetas suas no velho guarda-roupa, que servissem nele e no amigo. Nesse momento, Dona Maria entrou no quarto. Estava com o jornal *Meia Hora* na mão, dobrado na página da notícia sobre a fuga dos dois.

– Meu filho, o que é isso? Onde isso vai parar? – perguntou a velha senhora, demonstrando preocupação. – Como você me dá desgosto! Na igreja todo mundo já comenta, dizendo que você é marginal.

A mulher parecia ter vontade de chorar, mas nenhuma lágrima saía dos seus olhos. Estava seca de tristeza. Tinha a expressão rude, endurecida, de quem passou por constantes sofrimentos na vida e sobreviveu não se sabe como.

Caniço olhou para ela sem dizer uma só palavra. Ossada se sentou na cama – na verdade, um estrado com um colchão – enquanto aguardava o amigo pegar as roupas nas gavetas do armário.

Mais uma vez, ela voltou a falar:

– Uns policiais tavam rondando as imediações aqui, mas o pessoal da rua disse pra mim que, na verdade, era milícia. – E indagou: – Eles não estão atrás de vocês não, né?

A pergunta ficou sem resposta, mas um olhar assustado foi trocado entre Caniço e Ossada.

"Milícia?", a cabeça dos dois ribombou. Era pegar a visão.

– Hoje um garoto aí de cima do morro, acho que é lá da boca, veio perguntar se você estava aqui ou se tinha aparecido – continuou informando a avó.

Caniço ouvia sem prestar atenção. Na verdade, sua mente estava já a mil por hora, procurando conexão para tomar uma decisão imediata sobre o que fazer da vida. Ele e Ossada se arrumaram como puderam, metendo no pé os calçados que também estavam jogados por lá, velhos, mas usáveis.

A notícia à queima-roupa deixou Caniço de cabeça avoada. Enfiou tudo o que conseguiu numa velha bolsa de supermercado, até beijou a avó levemente no rosto – coisa bem anormal –, passou na cozinha, catou duas bananas no cesto e saiu apressado em direção à estação ferroviária, tendo na sua cola o amigo. Dona Maria, ainda com o jornal na mão, estava sem reação. O quarto ficou todo desarrumado.

A ideia de permanecer na casa da parenta caiu completamente por terra, e lá não demoraram nada além de uma hora. Perderam-se na curva da esquina sem se virar para um aceno, sem olhar para trás enquanto tomavam o caminho para a estação. Então, a avó entrou de volta no barraco.

Comendo a fruta pelo caminho, jogando as cascas numa vala de esgoto a céu aberto, os dois subiram na plataforma para pegar o trem depois de pularem o muro da linha. A viagem foi entrecortada pelas paradas nas estações seguintes e pelo barulho metálico da lataria dos vagões.

Na estação de Deodoro, o movimento de dois policiais meio que os assustou. Aquela era uma área militar, que ia, grosso modo, de Realengo a Magalhães Bastos. Caniço e Ossada se olhavam, mas não sabiam o que dizer um para o outro.

Na parada de São Cristóvão foi que tiveram uma conversa rápida, depois de mais uma vez verem as notícias sobre a fuga do Padre Severino. Na verdade, a instituição estava em evidência pelo aumento do histórico de fugas – ou evasões, como a Vara da Infância e da Juventude gostava de classificar. "Em termos jurídicos, menores não são presos", já informara a respeito o Departamento Geral de Ações Socioeducativas, o Degase. Os dois decidiram ir para a casa de Robertinha, onde estariam seguros e poderiam planejar os próximos passos de suas vidas.

CAPÍTULO 7

O movimento na Estrada de Ferro Central do Brasil estava bastante intenso. No hall da estação, onde quiosques e estandes dividiam o espaço público com os transeuntes, alguns policiais militares circulavam em grupos. Ligados na parada, Caniço e Ossada apressaram o passo sem olhar muito para o lado.

A chegada à casa de Robertinha quase resultou em frustração: o barraco, dessa vez, estava fechado. Deram algumas batidas na porta e outras na janela. Longos instantes se passaram até que a janelinha se abrisse para os dois.

Robertinha havia pegado no sono ao amamentar o bebê. Explicou que tinha o hábito de fechar a porta e a janela para evitar olhares curiosos, muitos dos quais eram de vizinhos abelhudos ou desocupados, já que ali, à beira da rua, era uma área de livre trânsito.

Caniço entrou na casa e a beijou, e ela logo perguntou sobre a notícia no jornal. O moleque demonstrou sua apreensão. Robertinha, então, foi enfática:

– Acho melhor vocês ficarem entocados, morô – disse, com certa ternura. – Assim que a poeira baixar, vocês picam a mula pra um local mais seguro. Mas acho melhor não zanzar pela cidade, não dar bobeira.

Vendo a reação dos dois, antecipou-se em dizer, compreensiva:

– Fiquem tranquilos, eu falo com a coroa. Ela é ligada na parada e odeia cana. Caso contrário, vocês ficam aqui hoje e amanhã a gente pensa juntos no que fazer.

O pôr do sol se aproximava, logo iria escurecer. Era aquele período do ano em que a noite caía rapidinha, e não demoraria muito para Dona Socorro dar as caras por ali. O remédio era esperar.

Nesse meio tempo, o bebê abriu choro agudo, reclamando o peito da jovem mãe.

– Êta, caralho. Como esse molequinho mama, seus malucos.

Robertinha se enfiou no quarto. Usava um short azul curtíssimo e uma camiseta branca que denunciava os bicos dos seios, umedecidos pelo leite abundante. Mas não demorou nada dentro do quartinho, voltando com a criança no colo, agarrada com a boca no peito.

– Esqueci de contar uma novidade – anunciou uma Robertinha travessa. – Como sabia que vocês voltariam, convidei uma amiga minha pra dar uma moral pro Ossada. – E completou, rindo: – Mas vou avisando, ela é do morro e o irmão é do esquema. A gata é gente fina, só não pode esculachar.

Ossada se animou logo em saber como era a garota.

– Ih, carinha! – brincou Robertinha. – É a Raquel, você vai ver e vai gostar – informou, para logo mudar de assunto e tom de voz: – Falar nisso, esteve aqui o Sapão, o homem do Robinho que cuida dos bondes que atravessam a madrugada...

– E o que ele queria com você? – quis saber Caniço, esticando a sobrancelha de ciúme.

– Comigo, nada – respondeu a garota, medindo as palavras, mas gozando o namorado. – Ele perguntou se você estava na área e trouxe o recado de que o chefe quer ver você. Falou pra, quando puder, você passar lá na Caixa d'Água pra trocar um papinho com ele. Sapão insistiu pra você não faltar e coisa e tal.

Agora sentada no sofá, ao lado de Caniço, ainda amamentando o menino, continuou:

– Mas não preocupa. Podemos ir hoje, e eu vou junto. Deixa só a mãe chegar.

Ossada observava com curiosidade os gestos maternais de Robertinha, que, embora tão nova, tinha um cuidado especial com a criança. No fundo, nutria certo orgulho do amigo e companheiro de jornada. Parecia que tudo estava concentrado e direcionado para ele. E de fato estava.

Caniço havia conquistado uma gatinha da hora, que, além de lhe dar apoio moral, era linda e gostosa pacas. Os jornais também estavam lhe dando fama e prestígio, projetando seu nome. Por fim, ele parecia ter caído nas graças do chefão do tráfico, que o tratava bem, com cordialidade. Com o aceno feito através de Sapão, provavelmente lhe ofereceria alguma coisa.

Aliás, Sapão era um sujeito escolado pela vida. Fizera de tudo um pouco antes de entrar para o mundo do crime: foi camelô, engraxate e, principalmente, homem-placa, indicando onde se comprava ouro no centro da cidade. Depois, serviu como mula. Moleque, esteve várias vezes sob medida socioeducativa.

Assim que Dona Socorro chegou da rua, torta de cansaço, depois de um dia de batente bastante puxado,

Robertinha puxou o bonde rumo à Caixa d'Água, no alto da Providência. Já era noite. O caminho, mal iluminado, oferecia muitos obstáculos. Caniço conhecia pouco as vielas do morro, seus labirínticos abismos habitacionais e seus inúmeros dramas humanos.

Havia ali imensos declives, acessos íngremes, valões e buracos por todos os lados, sem contar o aspecto de abandono, com muito lixo e esgoto a céu aberto. À medida que subiam, uma forte percepção do visual da cidade tomava conta do grupo: a paisagem de prédios suntuosos – como os Correios e o Balança Mas Não Cai –, a cidade completamente iluminada, a baía de Guanabara, com o cais ao fundo, suas ilhotas e embarcações mercantes e turísticas.

De repente, perceberam que se aproximavam da toca de Robinho. De pontos estratégicos, homens armados, olheiros e soldados vigiavam a entrada do quartel-general do crime, onde se encontrava seu comandante. Durante a aproximação, eram não só observados, mas também liberados, através de códigos, pelos rádios que se comunicavam diretamente com alguém do chefe, que ia dando sinal verde para a passagem dos visitantes.

Caniço ia de mãos dadas com Robertinha, com Ossada seguindo o passo dos dois. Embora não parecesse, estava apreensivo diante de tanta movimentação.

Chegaram a um ponto destacado do caminho, de onde podiam ver uma casa de tijolos aparentes, de dois andares, mas bem-feita. Concluíram ser o esconderijo de Robinho. O lugar servia de observatório estratégico do traficante, como uma torre ou guarita em um quartel-general. Encontraram o chefe na porta de entrada. O bandido, com um sorriso largo, os fez entrar numa espécie de sala onde havia algumas cadeiras.

A curiosidade dos três era grande. Até mesmo para Robertinha, habituada a subir o morro e a conviver com os comparsas do traficante – o pai do seu filho chegou a pertencer ao bando, até ser morto por policiais num assalto a banco no bairro de Vila Isabel –, entrar ali, daquela maneira, era uma grande surpresa e façanha que trazia uma dose alta de adrenalina.

Os cumprimentos foram festivos e gerais, com soquinhos de punho, uns "alôs" e "e aís". Só depois puderam observar a habitação: era uma casa grande, mas toscamente decorada, ao contrário de muitas outras do gênero. Fora pensada para ser não só a residência do chefe, mas também casa-forte, paiol de drogas, arsenal de armas e, de certa forma, ponto de distribuição. Tinha uma espécie de sala ampla sem qualquer luxo, apenas uma mesa para seis pessoas e cadeiras de madeira posicionadas quase no centro do ambiente, dividindo o espaço com um sofá de cor marrom, visivelmente usado, com duas pequenas almofadas laterais. Robinho não dava a mínima para ostentação, era excêntrico até em termos de conforto.

O mesmo estilo se percebia nos outros cômodos do ambiente, que traziam uma cama de casal, armários de roupas e cômodas com gaveteiros. Nada mais. Em um desses cômodos, isolado dos demais, havia um armário grande, de oito portas, com gaveteiros na parte de baixo, e, no centro, uma grande cama de casal arrumada com simplicidade. Gambiarras de pontos de luz desciam do teto de laje para iluminar todo o ambiente, um arremedo de iluminação daquele aposento. Ali, obviamente, tinha cara de ser o local de repouso do chefe.

A visão contrastava com o poderio do homem forte do tráfico da cidade, com os armamentos e a proteção empreendida por diversos homens que o escoltavam vinte e quatro horas por dia. Robinho não tinha sua moradia como um lar, mas como um esconderijo para proteção. Os bandidos não investem muito em luxo e conforto, e ele não fugia à regra, pelo jeito. Faz sentido. Há algumas exceções, claro. Na zona sul, por exemplo, alguns bandidos vivem em mansões incrustadas dentro de favelas. Mas Robinho pensava e agia diferente.

Ao redor da casa, a sujeira dominava o terreno, com um lixão a céu aberto destacando-se da paisagem. Robinho recebeu o grupo com rotineiro sorrisinho. Tinha uma espingarda calibre 12 pendurada no ombro direito e duas pistolas presas no cós da calça jeans, mas logo se despiu de tudo. No pescoço, uma corrente de ouro, com o medalhão "RC", pendia pesadona. Vestia uma camiseta preta com a palavra "Fé" escrita com letras brancas na altura do peito.

Após dar um beijo no rosto de Robertinha e cumprimentar Ossada, Robinho mostrou logo a Caniço as notícias sobre a fuga do Instituto Padre Severino. Tinha nas mãos páginas de vários jornais além do *Meia Hora*, que ele já tinha visto, como o *Expresso* e o *Extra*. Este último chegara a publicar uma foto antiga de Caniço e Ossada, com uma tarja preta tapando os olhos dos dois, prática usual da imprensa para evitar a exposição de menores de idade.

Robinho estava realmente surpreso com aquela audácia. Os jornais descreviam a fuga como se tivesse sido executada com meticuloso planejamento. É óbvio que Caniço pensara nos detalhes, tomando todo o cuidado do mundo para não ser descoberto, senão cairia em desgraça. Além do mais, Seu Bira dera sua colaboração, mas, para quem via de fora, realmente a impressão era de que fora levada a efeito por alguém que dispunha de muita audácia na arte de fugir.

Pagar para fugir, fosse das casas de correção, fosse dos presídios, não era para qualquer um, e Robinho sabia disso. Ele mesmo já havia pagado por muitas fugas de comparsas. Certamente, esse ponto da coragem de Caniço encantou o chefão do morro da Providência. Para um jovem daquela idade, criar estratégias para evadir-se do sistema, bolar planos e executá-los diante de tantas adversidades era surpreendente. O chefe do tráfico valorizava muito esse tipo de iniciativa. Era essa gente que ele gostava de ter por perto e apoiar.

Já sentados, bebericando cerveja e mordiscando batatinhas fritas e salgadinhos, Robinho confidenciou para Caniço:

– Quando eu tinha a sua idade, eu era um bicho otário. Meu pai era um covarde que me queria ao lado dele na boca, mas eu só queria comer as garotas da favela. Nossa relação era conflituosa. Ele era autoritário, agressivo ao extremo. Batia na minha mãe e em nós, seus filhos, todos calcinhas curtas. Não havia como escapar da fúria dele. Nós apanhávamos de vara de goiabeira, de cinto e de mão fechada. Ficávamos arrebentados.

Robinho falava tudo pausadamente, de forma didática, lembrando cada acontecimento.

– Um dia, a coisa pegou. Ele chegou drogado e sentou a porrada na mãe e em nós. Do nada. Era um prazer bater na gente. Em seguida foi para o quarto e quis submeter minha mãe a qualquer custo, à força mesmo. Ela gritava enlouquecida. Eu era o mais velho da gurizada. O estado de alucinação dele era tão grande que ignorava a presença dos filhos no outro do cômodo da casa.

O chefe parecia se emocionar ao fazer esse relato de sua vida. Nunca ninguém o vira falar da infância. Visivelmente sensibilizado, continuou:

— Minha mãe gritava, certamente menos de dor e mais de ódio dele. Há muito tempo ela queria se livrar dele, escapar daquela vida, ir embora da favela. Mas não conseguia. Uma vez ela tentou e foi cruelmente surrada na rua, na frente dos vizinhos e da gente. Dentro dela, além da humilhação, crescia também uma revolta cega, latente, de vingança. Queimá-lo com água quente, pôr fogo no barraco enquanto ele dormia, tudo passava pela cabeça daquela mulher.

Os três visitantes prestavam uma atenção quase colegial àquele relato de dor e sofrimento, com Robinho na sua hora de desassossego.

— Apesar de o meu pai ganhar muito dinheiro na boca de fumo, em casa faltava tudo: comida, roupa que prestasse e cuidados. Fora as vagabundas, que tinham tudo do bom e do melhor.

O chefe engrenou no relato. Parecia ter segurança para se expor daquela maneira, e continuou:

— Foi numa noite de muita bebedeira e drogas que ele se exaltou ainda mais do que o habitual. Bateu tanto na mãe que, mesmo desmaiada, ela cuspia sangue pelo chão. A cabeça sangrava como uma boceta menstruada devido às coronhadas seguidas que levou. Revoltado, me ergui. Deixei meus irmãos menores, que choravam e gritavam pela minha mãe, peguei uma faca na cozinha e o golpeei na garganta, nas costas e no peito, aproveitando sua total inabilidade de ação. Deitado ele estava, deitado permaneceu. Ainda estrebuchou feito um porco gordo na poça do próprio sangue por uns cinco minutos. Senti, na mesma hora, um alívio profundo, sei lá, uma leveza. Um peso saiu das minhas costas, e o barraco, até então uma penumbra, clareou como se a luz do demônio tivesse se exaurido totalmente dele.

A cara de Caniço estava feito pedra, seus olhos não piscavam. Ele mesmo parecia já conhecer aquele filme.

– Minha mãe se levantou do chão e, num gestou maternal, me beijou na testa. O sangue de sua boca ficou marcado em mim. Não houve um movimento de repreensão à minha atitude. Pelo contrário, o barraco voltou à ordem natural. As crianças foram brincar no quintal, e eu e minha mãe fomos limpar aquela "sujeira", que enterramos no fundo de um terreno baldio, na calada de uma noite de lua cheia. Ninguém reclamou a ausência daquele traste. O universo se fechou e se calou sobre seu corpo. O tráfico, no dia seguinte, já tinha outro gerente. Simples assim.

Entre uma cerveja e um cigarrinho de maconha, Robinho continuou contando sua história. Daquele dia em diante, sua vida mudou. A comunidade passou a olhá-lo com outros olhos, pois, por mais que não contasse, todos sabiam o que ele tinha feito. As minas da área davam em cima dele. As circunstâncias, como um ímã poderoso, o atraíram para a marginalidade, para o mundo do crime.

– Os bandidos me queriam, eu era bem-visto em festinhas e eventos da favela. Daí nasceu o Robinho Capeta: o capeta que venceu o pai, o deus dos infernos, e livrou o mundo. – Então, em tom de encerramento, proferiu: – O mundo do crime tem que ser encarado como uma empresa. Nós somos os empresários do crime, da mesma forma que existem os empresários da soja, dos imóveis, do petróleo, dos carros, das tecnologias e das roupas. Somos os meganegociantes da criminalidade.

Caniço, Ossada e Robertinha ouviam atentamente aquele cara instruído, que conseguira concluir o ensino médio, tendo chegado a cabo paraquedista do 25º Batalhão Logístico na Vila Militar. Ao lado deles se posicionavam Sapão e Coisinha. Outros do bando, como Barriga e Pikachu, estavam um pouco mais distantes, mas mantinham-se atentos à conversa, ao mesmo tempo que prestavam atenção ao movimento do lado de fora da casa. Era constante o monitoramento pelo rádio, do qual saíam vozes informando que em tal lugar "a parada tá limpa", que em outro "tá tudo na responsa", ou, ainda, que a coisa "tá na moral".

Robinho seguiu falando sobre política, direitos humanos, polícia, dinheiro, milícia, comércio de drogas, vida no morro e miséria. Era um sujeito novo, com bom porte físico, cabelo raspado à escovinha, ainda à moda do quartel. Chamavam-no, em alguns cantos, de General.

– Não há sonhos pra quem mora no morro – filosofava o traficante, que gostava de ler Nietzsche. – Eu sou um produto desse meio, como vocês são. Ninguém se importa com pobre, e se morar na favela, piorou.

Ele ordenou que um dos comparsas trouxesse mais cerveja. Quis também umas rodelinhas de salame com limão, que não tinha.

– Porra, já comeram a porra toda que tava na geladeira?! – gritou.

O tempo todo, Caniço ouviu com atenção enquanto Robinho falava, mas o chefe ainda não havia dito exatamente por que o chamara ali. Não que estivesse de todo impaciente, muito menos Ossada e Robertinha. A ansiedade é que era maior.

Nesse meio tempo, entrou na casa uma morena alta com uma tatuagem no braço esquerdo: um coração, tendo numa das bandas a letra "R" e na outra a letra "P" – o "R" de Robinho e o "P" de Patrícia. Era uma das namoradas do traficante. Robertinha a olhou de cima a baixo, com certa prevenção, antes de serem apresentadas e passarem a conversar animadamente. Sapão também emendou uma conversa com Ossada, que ficou admirado com a arma do bandido, uma AK-47 novinha em folha.

– Ganhei do chefe – disse um orgulhoso Sapão.

Aproveitando que haviam ficado a sós, Robinho cordialmente puxou Caniço pelo braço e, estendendo a ele um cigarro de maconha, o levou a um canto mais reservado, onde fumaram e retomaram o fio da conversa.

– Quero você aqui comigo, cumpadi – disse, à queima-roupa, o bandido. – Você é um cara bom, tá ligado, tem agilidade e liderança. Você é bem-vindo aqui comigo se quiser. E se não quiser também – e deu uma gargalhada sacana.

Caniço ficou paralisado, cofiando o queixo como se tivesse algum fio de barba visível. Tragou o cigarro com força, soltando uma espessa fumaça esbranquiçada no ar.

– Veja bem – continuou o chefe. – Nós perdemos muita gente boa, que está presa ou morreu. É dessa vida, morô? Precisamos sempre realimentar a tropa. Preciso de pessoas como você, e tenho certeza de que você, nesse momento, precisa de mim.

Ex-militar, o traficante usava expressões e jargões aprendidos durante seu período no Exército.

– Aqui se tem poder e dinheiro, mulheres e conquistas. O nosso povo precisa da gente. Olha desse ponto do morro lá pra baixo. – Ele apontou para a Avenida Marquês de

Sapucaí. – Lá é feita a festa mais espetacular do mundo, e aquilo funciona, nos dias de Carnaval, como um grande carro alegórico, só que é a nossa gente que está atrás dele, empurrando os carros. Uns burgueses de merda vão na frente, no alto, chamando a atenção, se posicionando para os flashes, para os holofotes e para a mídia. Além de tudo isso, tem a grana. Essa história de que a escola valoriza a comunidade é balela: o povão paga caro por cada pluma e purpurina de sua fantasia. Com suor e lágrimas. Falo de sacrifícios.

Caniço, com menos ou nenhum cabedal filosófico, entendia aquela parada. Ao contrário de Robinho, a rua fora sua melhor escola. Parecia o dia do desabafo, mas, ao contrário do que o moleque podia imaginar, o traficante estava amistoso, cordial, dando aula como um antropólogo do crime.

– Como disse – voltou a falar Robinho –, eu era como você: não nasci pro crime, mas a vida me empurrou pra ele. Com a diferença de que, na sua idade, você é mais astuto. E isso eu não era quando tudo começou.

A referência ao assassinato do pai veio naturalmente, sem ódio, sem rancor e sem remorso. Robinho disse que até tentou se consertar, "virar gente de verdade", terminando o Ensino Médio e entrando para o Exército, mas não deu. A força do mundo do crime era mais poderosa; ele não podia ignorar a pobreza, o morro, a morte dos amigos, a injustiça e a truculência do estado contra os mais necessitados.

– Tá ligado, a chapa é quente pra caralho – disse o bandido, sorrindo.

Caniço ouvia tudo calado. Sua situação não era das melhores. Lá no asfalto, tinha gente poderosa que o queria na vala, apodrecendo como cachorro morto. Tinha ainda a milícia, outra fera endiabrada, que dominava tudo – os presídios, o governo, a política, o comércio em geral, incluindo drogas, "gatonet", botijão de gás e remédios. Que sorte teria sem proteção, sem arma, sem esconderijo e sem dinheiro?

– Tô ligado, aí, tô mermo – rebateu Caniço. – Tô ligado geral mermo. – E, um pouco sem pensar, disse: – Estou com você pro que der e vier. Já é. Fechou!

Houve um aperto de mão forrado de cordialidades. O cigarro de maconha havia chegado ao fim, e a cerveja esquentava no copo.

Robinho tinha informação de que Caniço estava numa situação bastante delicada. Com ele, o garoto teria o apoio necessário da organização: armas, casa, dinheiro e suporte. Sapão, que agora estava junto aos dois, trabalharia com ele, pois detinha detalhes da organização e poderia suprir no que lhe faltasse. Quanto a Ossada – uma preocupação de Caniço –, poderia ficar junto, como seu braço.

– Sapão, o "Capitão" é todo seu – o chefe alcunhou Caniço. – Faça as honras da casa. Nosso batalhão ganhou um grande e valioso soldado.

Caniço deu um largo sorriso. Estava feliz por ter chegado até ali. Há uma semana, estava trancafiado na jaula do instituto e sem qualquer perspectiva. Agora, tudo havia mudado.

Robinho, Caniço e Sapão voltaram para dentro de casa, onde encontraram, de um lado, Ossada manuseando uma pistola cromada, calibre 45, de uso exclusivo das Forças Armadas, e do outro, Robertinha e Patrícia conversando como duas amigas de longa data, rindo solto, o que impressionou até os próprios namorados.

– Vamos brindar à chegada do nosso Capitão – Robinho disse efusivamente, usando o novo codinome de Caniço, e todos, com os copos cheios de cerveja, saudaram o mais jovem integrante do tráfico do morro da Providência.

A Caixa d'Água naquela noite foi despertada com fogos e tiros para o alto. O bandido chefe mandou trazer uma carga de cocaína, crack e maconha, algumas garrafas de uísque e mais cerveja. Uma churrasqueira também foi improvisada numa das laterais da casa.

Festejaram até cansar, e por volta das 3 horas da madrugada, Ossada foi para a nova casa que passara a dividir com Caniço, enquanto este foi levar Robertinha em casa. Acompanhada do mais novo aliado do dono do morro, que portava uma pistola escondida na parte de trás do shortão, ela o inquiriu ainda na entrada.

– Você agora vai ser um cara cheio de poder. Será que vai continuar gostando de mim?

Ele olhou para ela, seriamente.

– Que caô, Robertinha. Você é minha mina até debaixo d'água – disse Caniço. – Presta atenção nessa parada: você agora vai ter tudo do bom e do melhor, tá ligado?

Ele deu um beijo demorado na boca de Robertinha e os dois se abraçaram com ternura. Caniço sabia que parte de tudo o que estava acontecendo se devia a ela.

– Você é minha mina, minha gatinha... Em breve, vou cobrir você de ouro e te dar um banho de loja.

Robertinha sorriu. Em seguida, beijou Caniço outra vez.

O fogo das bebidas ingeridas e, principalmente, dos cigarros de maconha deixaram os dois um pouco altos demais, em certo êxtase. Além dos beijos calorosos, do carinho, dos abraços trocados e do roça-roça, eles estavam atentos do risco que corriam. Dona Socorro podia surgir a qualquer momento, não só preocupada com a demora da filha, mas também porque já estava quase na hora de ela acordar para seguir para a Baixada, onde trabalhava.

Dali a pouco o dia clarearia, e embora a movimentação fosse normal na madrugada, às bordas da Central do Brasil e aos pés da Providência, os dois foram despertados por um barulho de garrafa rolando pelo chão, ao longe, como se alguém tivesse, sem querer, chutado um casco. Mas não era exatamente alguém, e sim algo: um grande porco chafurdava o lixo com seus porquinhos àquela hora da madrugada à cata de comida. Uma corrente fria ainda surgiu não se sabe de onde. Tudo isso foi o bastante para se darem conta da hora, que ia alta.

Despediram-se com um beijo demorado. Pelo caminho, Caniço percebeu que o short estava molhado por um líquido pastoso, meio grudento. Tinha no rosto um ar de animação incomum, de satisfação só experimentada na última fuga do Padre Severino.

CAPÍTULO 8

A subida pelas vielas do morro foi lenta, cheia de momentos de reflexão, mas gratificante. Ao ser percebido pelos olheiros de plantão, Caniço recebeu sinal festivo de comunicação – na verdade, um assobio estridente, que foi logo identificado como vindo de cima de uma laje ou do canto de um beco qualquer, escuro àquela hora.

Chegou à casa da Vila Portuária depois de uma caminhada sinuosa. Era uma casinha pequena, mas melhor do que tudo o que tivera na vida. Para a juventude favelada e pobre, só há o abandono, as drogas, os maus-tratos, que transformam suas vidas e seus destinos. Desse caminho, só restam as instituições correcionais, a prisão ou o cemitério.

Quando adentrou sua nova casa, viu Ossada deitado num colchonete em um canto do cômodo. O amigo roncava, encolhido como uma criança indefesa longe da mãe, com o dedo grudado à boca, seu hábito de dormir.

A casa era pequena, dois cômodos mais sala, banheiro e cozinha. Estava maltratada no aspecto e com as paredes sujas. Caniço seguiu para o outro canto, onde o aguardava uma cama de solteiro com um cobertor e um travesseiro por cima. Despiu-se da camisa e da arma, que pôs ao lado, embaixo do travesseiro. Já tinha pegado em armas várias vezes, mas nunca tivera a sensação de dormir com uma.

Deitou-se de costas, olhou o teto todo branco. O silêncio da casa – apenas entrecortado pelo ronco de Ossada e por longínquos barulhos vindos de diversos pontos do morro, como latidos de cães, ruídos de música, conversas e até gritaria – o fez dormir como uma rocha. Com o hábito de dormir com uma das mãos dentro da cueca, segurando os colhões, apagou enrolado no cobertor.

Os dois acordaram pela manhã com o morro movimentado. Na verdade, um dos soldados do tráfico, conhecido como Manoelzinho, havia sido morto com um tiro na cabeça depois de capturado pela polícia. O corpo ficou jogado perto da praça Mauá, na altura do monumento a Irineu Evangelista de Sousa. A cabeça do bandido tinha sido estraçalhada, provavelmente por um tiro de escopeta ou fuzil.

A notícia brotou por todo o morro e estarreceu quem o conhecia. Manoelzinho era boa-praça, parceiro, que não negava fogo a nenhuma investida da malandragem. Robinho, enfurecido, reuniu os principais cabeças do bando. Caniço foi convocado; um moleque que servia de avião foi chamá-lo quase dentro de casa, aos berros, com a recomendação de que fosse sozinho e rápido.

– Aí, Capitão, o chefe quer que você vá já – disse o guri, vestindo apenas um calção.

A sala de Robinho ficou lotada de homens. Havia também algumas mulheres. Ao lado de cada um, muitas armas grandes, de grossos calibres, e pequenas também, além de munições e granadas. O bandido foi curto e grosso na conversa: estava puto da vida. Manoelzinho era ainda muito moço e, como ele, tinha servido o Exército.

O último contato com ele fora dois dias antes, quando se cumprimentaram no churrasco de um compadre e primo em Coelho Neto.

– Nós precisamos vingar nosso companheiro – falou em voz alta e potente, assumindo seu lado capeta e olhando para cada comparsa. Ao seu lado, Sapão, seu homem de confiança. Ao redor, rostos tensos e olhos arregalados.

Alguns ataques foram planejados. O alvo seriam policiais militares, dentro de cabines ou nas próprias viaturas. Nenhum deles deveria ser poupado; era para servir de exemplo. A ordem era infernizar geral. Pelo luto do amigo, deu ordens para o fechamento do comércio da região.

Uma estratégia começou a ser traçada. O grupo atacaria autoridades em pontos de grande visibilidade, o que repercutiria imediatamente na mídia e provocaria comoção e medo nas pessoas. Robinho falou por quase duas horas. Cerca de quinze homens e mulheres o ouviram atentamente, sem interromper, a não ser por falas monossilábicas, sempre concordes, que não chegavam a atrapalhar seu raciocínio visivelmente revoltado. Estava todo mundo ligado.

Foi então que uma voz esgazeada, quase sumida, surgiu por detrás de um homenzarrão negro de uns dois metros de altura, uma espécie de paredão humano.

Era a voz de Caniço.

– Tô ligado aí, tenho um qualquer aí pra falar – disse um tímido Caniço na sua primeira participação ativa no grupo.

Todo o bando se virou em sua direção, tendo em posição destacada Robinho, que arregalou os olhos, curioso.

– Então fala, garoto – resmungou um dos comparsas.

– Garoto, não, Capitão – retrucou Sapão, meio que puxando o saco do chefe e do novo amigo.

– Nós precisamos provocar, sim, sacô? Cair pra dentro, à vera, mostrar pra esses filhos da puta que podemos mais do que eles.

– Mas disso nós já sabe – disse outro do grupo, seguido de muitos "é, é, é" dos demais.

– É, tá ligado, como essa parada pode ser feita? – manifestou-se Sapão, encostando ao lado de Robinho, que só observava para saber onde aquilo ia dar.

Caniço, que agora era só chamado de Capitão, tinha uma cachola bem criativa. Adiantou-se calmamente no grande círculo formado para escutar o chefe e destrinchou uma estratégia que, pela cara sorridente de Robinho, estava agradando muito, pelo menos a ele.

Desenrolou tudo. Começariam atacando na Linha Vermelha, sentido centro da cidade. A ideia era usar como alvo os turistas que vinham do Galeão. Caniço até sugeriu ficar plantado no aeroporto internacional e, de lá, pelo celular, passar o serviço sobre o turista que poderia ser alvo do bando na via expressa.

O Capitão informaria as condições dos estrangeiros, o tipo de carro que usavam e o que levavam – se muita ou pouca bagagem, por exemplo. Informaria também se o turista mostrasse alguma grana logo de cara, o que poderia significar que ele tinha boa condição financeira. O ataque teria que ser milimétrico, calculadíssimo, preciso, sem falhas. A abordagem teria como único fim "limpar" o grupo, sem provocar a morte de ninguém.

O outro plano era aterrorizar cabines da polícia militar, escolas, bancas de jornal e caixas eletrônicos, além de fazer arrastões e fechar o comércio de rua, mas não os camelôs. Ou seja, impor medo da zona sul à Barra da Tijuca ou Recreio.

O grupo, para não causar suspeitas, desceria o morro de forma silenciosa, e somente no asfalto é que formaria os bondes, com grupos fortemente armados e com muita granada. A munição seria essencial para o sucesso da operação, além de homens corajosos dispostos a arriscar-se pela causa nobre do tráfico, do crime organizado, da bandidagem e da vingança ao amigo morto.

Caniço se referiu ainda ao fortalecimento do grupo, no futuro, a partir da tomada de outras bocas e do assalto orquestrado a bancos, joalherias, pedestres, ônibus, carros-fortes e residências, sem se esquecerem da venda de drogas como o crack, a maconha e a cocaína em bailes funk e ruas da cidade.

Houve um grande silêncio. Todos, sem se manifestar, ouviram Caniço atentamente. Ninguém deu um pio, nem pelo sim, nem pelo não. Mas bastou Robinho bater palmas e dizer um "caralho, porra, é isso!", que foi acompanhado pelo grupo. Quem deixou de festejar as ideias de Caniço foi porque estava com a mão ocupada segurando algum tipo de armamento ou atento ao movimento da rua. Fora isso, foi geral. O contentamento do chefe Robinho provocou um alarido de vozes, de "é isso aí" pra lá e pra cá, que jamais se tinha visto ali. Ninguém sabia se tudo aquilo teria resultado, mas o fato é que tinham alguma coisa para começar, e através de um recém-chegado. Fazia tempos que não aparecia alguém assim no grupo, ousado, com esse entusiasmo e com falas na cara do chefe.

Sem esconder de ninguém seu contentamento, Robinho se levantou de onde estava sentado e caminhou na direção de Caniço. O jovem empalideceu de uma hora pra outra. Era visível o suor em sua testa, mas não só porque estava quente o ambiente. Suava de receio. Não sabia precisar como falou tanto e de onde saíram aquelas ideias em sua cabeça.

A cada passo do bandidão, um do grupo crivava o olhar no Capitão. As pernas de Caniço tremiam, as mãos suavam e o pescoço tinha filetes de suor vindos da cabeça, que estava de touca sob o forte calor.

– Taí, Capitão, que ideia do caralho, porra! – repetiu um já animado Robinho, fazendo um cumprimento de toque de punho. Na sua estreia, Caniço mostrou ter tino para a bandidagem.

Sem pestanejar, Robinho fez questão de lembrar que precisavam vingar "com sangue dos cachorros de farda" a morte do amigo tombado na luta, quebrado sem dó nem piedade.

Preparada a onda de ataques, o grupo foi dividido e armado para iniciar a ofensiva de terror, cada qual arregimentando homens para o sucesso da empreitada. Era preciso confundir os meganhas, os polícias de farda e sem farda: primeiro, lançariam boatos de ataques por todos os lados; segundo, fariam ações simultâneas, de modo a baratinar a polícia, o que, além de uma tática, era uma diversão para o bando.

Numa das ações, Caniço ficou encarregado da identificação dos estrangeiros no Aeroporto Internacional Tom Jobim. Talvez pelo sucesso de sua investida com González, ele tenha sido o escolhido a operá-la. Outro grupo tomaria posição na Linha Vermelha, logo após a saída da Baixada, ou seja, assim que passasse o complexo universitário, onde se encontra o campus da UFRJ, conhecido como Fundão. A ideia era que os soldados de Robinho ficassem nas imediações do batalhão da Maré, à beira da via expressa, numa ação orquestrada para desmoralizar também a polícia, atuando, nesse caso, bem na porta e na cara das autoridades. Era arriscado, mas perfeito.

– Na moral, digo aí – falou um bandidinho branquelo e magro, abraçado a um fuzil. – Precisamos quebrar uns tiras aí, tá ligado? Dar uns tecos nos cornos desses otários aí, sacô?

– É isso... Quebrar os tiras... Que quebraram um irmão nosso – repetiu, quase em coro, o resto do bando. O grupo todo estava em consenso nesse ponto, e enfurecido.

Robinho determinou a Sapão a abertura do Paiol, local considerado a casa-forte das armas e das drogas do grupo. Caniço faria companhia ao seu melhor braço.

– Vai familiarizando o Capitão – ordenou o chefe do bando.

O Paiol era um complexo construído estrategicamente embaixo da casa do chefe do tráfico. Trabalho de engenharia comunitária com alguma tecnologia, o lugar não despertava suspeita, e muitos comparsas sequer haviam entrado nele.

A construção era uma laje de concreto equipada com sistemas de corrediças sobre trilhos. Para acessá-la, Sapão entrou na sala da casa e, em determinado ponto, abaixou-se. Então, com um pequeno esforço, trouxe para si, à base de alavanca, uma pequena laje de concreto rente ao chão, praticamente imperceptível a olhos desatentos. Movendo a tampa, Caniço viu abrir diante dos seus olhos um grande buraco, com uma escada de acesso também de concreto, a partir do qual avistou um amplo ambiente. Ao descer pela contígua passagem, um grande salão se descortinou à sua frente.

Ficou maravilhado, boquiaberto. Não se lembrava de ter visto coisa parecida. Pela primeira vez, estava diante de um grande depósito de armas e munições. Um poder bélico como aquele, pensava existir apenas distante, em outras comunidades espalhadas pela Cidade Maravilhosa, sobretudo as da zona sul, às barbas de autoridades e governos. Sua sensação era de êxtase.

Eram tantas as armas que ele não tinha condições de contar, a não ser que perdesse um longo tempo se dedicando a isso. Com relação às munições, pode-se dizer que Caniço viu de tudo, uma quantidade significativa de caixas de projéteis e granadas com emblemas e brasões das Forças Armadas. Era verdade, então, o zum-zum-zum da galera: Robinho tinha, com ex-colegas de farda, um esquema de extravio de armas de dentro da corporação militar.

Num dos cantos, ainda pôde ver tonéis com pasta de coca e de crack, além de substâncias químicas para refino e enriquecimento das drogas. Ao lado das pastas, um bom fardo de maconha, ainda em estado bruto, socado, só aguardando o tratamento para virar cigarro ou ir direto para o cachimbo, pois estava na moda também fumar maconha em cachimbo. Em outro extremo, uma cama pequena, talvez para o chefe descansar, e dois colchonetes no chão, certamente para algum comparsa.

– Mané, quer dizer, Capitão, aqui é o lugar de esconderijo e repouso do chefe naqueles dias difíceis – disse Sapão, confirmando o que Caniço havia imaginado. – O chefe se entoca aqui às vezes por semanas, tá ligado? Já disseram que ele tinha morrido, tanto tempo que ele ficou aqui entocado. Dá cada neura na praça, e ele aqui, dichavando seu fuminho, pegando a mina...

Olhando em volta, olhos arregalados, Caniço viu um sistema de refrigeração por tubos metidos terra adentro, no qual circulava boa parte do ar que alimentava o calabouço. Dois ventiladores de pé ajudavam a refrescar o ambiente, onde também havia um frigobar para conservar as bebidas preferidas de Robinho – uísque, que ele tomava gelado, como se faz com licor, cervejas e vinho do tipo Cantina de São Roque, que ele adorava. Tinha também um túnel, que o levaria para fora dali caso surgisse uma emergência.

Sapão apresentou Caniço às armas. Pôs na mão dele uma pistola automática, um AR-15, um AK-47 e uma caixa de munição. Numa sacola de plástico de supermercado reforçada, meteu também dez granadas do Exército. Municiado de informações e bem armado, o moleque deixou o Paiol, voltando à superfície. Encontrou Robinho sentado no sofá da sala, bebendo cerveja e fumando um cigarrinho.

– Conheceu nosso patrimônio, nosso coração, Capitão? – indagou, com a voz embargada, como se estivesse bêbado ou drogado. Na verdade, Robinho estava tentando desopilar a mente da morte brutal de Manoelzinho.

– Do caralho, da porra! – respondeu Caniço, com ar alegre e sorridente, já se sentindo integrante da tropa.

Caniço passou um tempo ainda bebendo e fumando na companhia de Robinho, a pedido do próprio. Conversaram bastante, às vezes seriamente, outras vezes dando gargalhadas. O chefe intentava inculcar na cabeça do moleque a coragem para enfrentar situações adversas.

– É preciso ter algum equilíbrio pra saber que posição tomar na hora "H", tá ligado? – disse, ainda com a voz embargada. Ele parecia estar numa espécie de banzo.

– Sei, tô ligado – respondeu Caniço, feito aluno diante do mestre.

– Não é só isso – continuou, professoralmente, coçando os olhos e parecendo cansado. – Você tem tudo pra ter um grande futuro nessa vida. A diferença de você pra muita gente que tenho conhecido é que você pensa, garoto. Aliás, meu Capitão. – Então, olhando bem nos olhos de Caniço: – Isso significa tudo em uma organização como a nossa.

Caniço não soube o que dizer. Tinha consciência de que o melhor lugar do mundo para ele, naquele momento, era o morro da Providência, onde dispunha de proteção, casa, comida e dinheiro. Sem mais aqueles corres doidos para descolar um qualquer para comer e tirar umas ondas. Quanto a mulheres, tinha Robertinha, e por estar gamado na gata, sabia que não podia dispensá-la nem trolá-la por aí.

Lá embaixo, no asfalto, por outro lado, a coisa estava feia para ele, ainda mais sozinho: os milicianos iriam quebrá-lo a qualquer hora se o pegassem. Portanto, a proteção de um Robinho Capeta, temido e respeitado, era fundamental. Ali no morro, além da proteção, tinha também a simpatia do chefão do crime do Rio de Janeiro, um homem estrategista, com visão militar e de liderança. Um perigo bélico.

Depois de todas as tratativas sobre as ações a serem empreendidas pelo bando, Caniço seguiu para casa, cruzando vielas e becos fedorentos, esburacados e escuros. Mas estava bem. Ali, podia andar despreocupado: todos já sabiam quem era ele e onde estava metido.

Logo que avistou a casa, percebeu a recepção preparada: Robertinha o aguardava na porta, com aquele shortinho e a blusinha acima do umbigo, destacando ali o *piercing* que se dependurava por uma correntinha. Foi logo beijado com paixão, abraçado fortemente e acariciado enquanto trocava língua com a namorada.

– Tenho uma surpresa – ela disse quando terminaram, puxando-o pela mão para dentro de casa.

Com uma risadinha, Robertinha mostrou Ossada aos beijos e amassos com uma garota mais ou menos da sua estatura, nem feia nem bonita, mas estilosa: usava cabelo de escova repartido de lado, brincos de argola grandes, pulseiras e um cordão de sementes do Pará.

– É Raquel, prima de Orelha, viu, mor? – completou ela, rindo muito. – Desde que brotou aí e se viram, foram logo se pegando. Acho que hoje não se desgrudam mais.

O casalzinho deu um tempo nos pegas.

– Olá, Caniço – disse a novinha, com uma voz bastante fina, e adiantou a mão e o rosto para uma beijoca. Ossada estava se sentindo pago.

Caniço cumprimentou a garota e, após depositar armas e granadas num dos cantos da sala da casa, saudou o amigo, com quem não trocava uns papos fazia dias.

Os quatro ficaram papeando, de mãos dadas ou abraçados. Beijos longos e bastante ruidosos interrompiam, vez ou outra, suas conversas. Caniço passou a falar sobre a parada que ia acontecer, informando ao amigo como tinha sido o desenrolar da coisa, as atribuições dele e de cada um, e como a turma havia ficado atenta e séria, ouvindo muito o chefe.

O entusiasmo de Ossada era grande, e ele estava cada vez mais certo de que Caniço cresceria no bando. O Capitão realmente era homem de sorte: tinha conquistado uma bela mulher e, agora, a confiança e a proteção do chefe do morro, Robinho Capeta.

Entre uma conversa e outra, beijos e risadinhas, paravam para dar um tapa na branquinha ou dichavar um cigarro de maconha. De repente, brotou a ideia de saírem para tomar umas cervas. Robinho tinha forrado Caniço com mil pratinhas, dez pernas cheirando de novas, pois sabia que o Capitão estava caído. Com dinheiro, a vida sorria. Robertinha, no entanto, precisava passar na casa da mãe e apanhar algo para Raquel, então decidiram tomar a cerva fora do morro. Foram direto para o Bar do Alemão, um pé-sujo animado, com churrasquinho de gato, caldos de mocotó e angu, localizado entre o terminal rodoviário e o posto de gasolina, na lateral da estação da Central do Brasil.

A noite ia longa e quente, assim como o movimento na Central, já fechada àquela hora, mas o vaivém de pessoas continuava intenso: mulheres da vida se multiplicavam como formigas, meninos de rua como ratos, e mendigos e travestis siliconadas passavam de um lado para o outro num louco e frenético *trottoir*.

Sentados numa mesa de calçada, eram atendidos pelo próprio dono, o Alemão, um negro alto, de careca brilhante e olhos esbugalhados de quem vira e se vira noite e dia atrás do balcão. Caniço, ao mesmo tempo que bebia e dava atenção às suas companhias, circulava os olhos pelo movimento, sempre alerta.

Aquele trecho da cidade caracterizava-se por peculiaridades, algumas bem mórbidas. Para começar, era frequentado, sobretudo à noite, por todo tipo de gente, de diferentes níveis sociais, de vendedores noturnos a párias humanos. Quem não perambulava de lado a lado, dormia pelos cantos, em meio à sujeira e ao cheiro pestilento de coisas podres.

Caniço tinha plena noção dos riscos de ser reconhecido no local; estivera ali várias vezes vendendo drogas na época do Padre Severino. Em geral, de madrugada, deparava-se com toda sorte de interessados: viciados crônicos, prostitutas, ventanistas da madrugada, mendigos, gente de carro, a pé ou de bicicleta, mulheres novas e velhas, homens feitos e jovens, advogados, médicos, motoristas de ônibus, ambulantes. Em resumo, mafuá de corpos e vozes de toda espécie à cata daquele estado precioso que, na concepção ilusória de cada um, só a aventura das drogas permite.

Ficaram pelo bar até altas horas. Comeram e beberam bem e de tudo: torresmo, batata frita, calabresa acebolada e os caldinhos porretas, servidos em copinhos de plástico, tirados de um panelão de alumínio. Estavam felizes com a ascensão do Capitão, que, além da boa gelada, não dispensou o angu à baiana com muitos miúdos, prato rico em iguarias do Bar do Alemão.

Raquel, já entrada na cerva, zombava de Robertinha:

– Carinha, nós é que tá no centro desse filme, hein?

– Tamo junto, tá ligado? Você é relíquia – Caniço deu o papo na mina, agora forrado de moral.

Robertinha, sempre na pindaíba, pois o salário mínimo da mãe e as vendas ocasionais de latinhas não davam praticamente para nada, ficou tocada com aquela moral do namorado. O tráfico dava fama e dinheiro, poder e certa regalia, ainda que passageiros.

Ela beijou demoradamente Caniço. O beijo foi tão forte e demorado que os dois até babaram.

– Bagulho tá é doido, carinha – brincou Raquel. – Segura o caldo. – E voltou a gargalhar.

Ela e Ossada também não paravam quietos. O moleque, aliás, tinha virado outro: aquela cara de "esqueceram de mim" havia sumido. Fechou geral com o amigo, que botava a cara por ele. Sem contar que Raquel, uma mina de gamar fácil, era só adianto. Tinha tudo o que queria. Já estava no caô, meio na neurose até.

A madrugada avançava e o movimento local ficava cada vez mais intenso, fosse no Bar do Alemão, no entorno do terminal rodoviário ou na altura do posto de gasolina. Após o fechamento do Mercado Popular, cujas lojinhas ficavam próximas ao comércio do Alemão, crescia em volume a procura por locais que estavam abertos, alguns com música, que não era o forte do Alemão. A aglomeração se fazia sentir também nas imediações da rua Barão de São Félix, principalmente por causa dos motéis de quinta, usados por prostitutas e travestis.

Caniço bateu que era hora da retirada. Já tinha dado. A caixola estava cheia de cerva e o bucho inchado de guloseimas. Tinham comido e bebido até fazer bico. Ninguém gemeu a garganta para contestar; embora a diversão estivesse boa, a turma pegou a visão da alta hora.

CAPÍTULO 9

Pela rua esburacada e lamacenta, toda irregular, os casais caminharam abraçados, pairando sob a nuvem etílica, costeando o muro da linha férrea, local escuro, para não pagar bobeira. Muitas biroscas ainda estavam abertas, iluminadas por uma luz amarelada, tocando músicas sertanejas ou funk, numa mistura de vozes desafinadas pela velhice dos aparelhos. Poucas mulheres moscavam à volta. Aqueles pontos de comércio, que em geral vendiam cerveja e cachaça, funcionavam em parte da residência dos donos, numa brecha do quintal ou, em outros casos, no próprio barraco, com as mesinhas e cadeiras para fora.

Foi lenta a subida do morro. Os quatro avançavam por um atalho aberto após a antiga pedreira, próximo à garagem de ônibus, ainda comentando as cenas vistas lá embaixo. Havia um silêncio anormal na comunidade, raramente interrompido aqui e ali. Caniço ficou intrigado com isso, sem que a namorada e o amigo percebessem. Ajeitou a pistola presa nas costas, estrategicamente enfiada no bermudão. Estava sem o rádio que Sapão lhe entregara; o fato de não saber usá-lo fez com que não o carregasse. Depois, era muita coisa para ter nas mãos.

Perguntava-se o tempo todo sobre o paradeiro dos olheiros e do pessoal das guaritas improvisadas. Não foi chamado em nenhum momento, nem ouviu assovios de nenhum lado. Para não dizer que não encontrou ninguém, avistou um, o Chicletão, com rádio e fuzil em punho. Caniço acenou e seguiu em frente.

Já próximo à Caixa d'Água, base-forte de Robinho, tinha alguns homens de butuca. Numa abordagem inicial, Caniço foi informado que o Comandante tinha descido, estava numa festa com a esposa. O moleque então relaxou e continuou a caminhada. Era madrugada aberta, escura, sob um céu sem nuvens. O morro era iluminado apenas pela luz da lua e das estrelas, que despontavam do firmamento.

Chegaram à casa sem maiores sobressaltos. Uma gambiarra, com uma lâmpada dependurada por um fio na altura da porta, estava acesa. Entraram os dois amigos cheios de más intenções com as minas. Caniço e Robertinha foram para o quarto; Ossada e Raquel, para a sala. Fecharam as portas e a noite ferveu.

Antes dos conferes, acenderam um cigarrinho de maconha. Dizia Caniço que o baseado lhe dava tesão.

– Meu Capitão – sacaneou amorosamente Robertinha.

Depois de se desfazer da arma e dos pertences do bolso, Caniço se despiu e partiu para os finalmentes, entre beijos e abraços apertados na gata. Os dois gemeram como gatos se amando no telhado.

Robertinha estava na gama com Caniço. Agora que ele estava sob a moral do esquema, e mantendo firmeza nela, a garota se entregou de vez. Além de tudo, tinha a privacidade, que não existia no barraco da mãe, onde não era possível fazer quase nada. Ali não, eram apenas eles. Ainda que Ossada estivesse com Raquel, amigos são diferentes de mães.

De repente, um ruído despertou a atenção de Caniço, tirando sua concentração. Seria Ossada? Robertinha estava tão envolvida na transa que nada ouviu ou entendeu; precisou Caniço dar um toque nela.

O Capitão se levantou, pedindo silêncio à namorada. Por uma das frestas da janela, viu a sombra de um homem se movimentando de forma estranha, como a não ser visto, trazendo uma espécie de mochila nas costas e uma pequena lanterna na mão, cuja luz era fraca e distante. Caniço correu para alertar Ossada. A pressa foi tanta que não se preocupou em vestir qualquer roupa; foi nu.

Ossada, debaixo da coberta, estava no ora-veja com Raquel. Com a entrada esfogueada de Caniço, deu uma broxada e afastou a parceira, que acabou se mostrando como veio ao mundo.

– Qual é, Caniço? – indagou Ossada, sem entender nadinha.

– Queta aí, porra! – irrompeu Caniço, muito nervoso.

Partiram todos para o quarto, mantendo a luz apagada. Estavam os quatro nus, nem se deram conta desse detalhe.

Ossada também viu o homem, suspeito já pelos trajes – vestia camiseta preta, calça jeans, tênis e boné. Caminhava a passos calculados, dando olhadelas para os lados, como se temesse ser surpreendido. Isso foi o que mais chamou a atenção do grupo.

Caniço e Ossada se vestiram rapidamente. Além das armas, o Capitão ainda meteu na bermuda uma faca de cozinha. As meninas ficaram apreensivas e entocadas.

Tudo estava tenso. Os dois saíram silenciosos no encalço do desconhecido, que seguia se metendo no morro àquela hora da madrugada.

– Bora dar uma sugesta nesse porra? – falou Caniço, indignado.

Mas quem seria? Podia ser tudo e nada: alguém de uma quadrilha rival querendo obter informações sobre o esquema, um tira ou um X-9. Poderia ser até um usuário de drogas aloprado e perdido no morro? Sim, poderia. Vício é assim, dá bobeira à toa e paga pra ser otário. Mas no alto do morro? Porra!

Os dois ficaram no encalço do estranho. De pistolas em punho, engatilhadas, foram se aproximando sem que o homem percebesse. Pareciam dois cães famintos, ávidos pela caça. Doidos para fazer de avenida a epiderme do invasor.

Ossada ficou aguardando a ordem do amigo. Este, cauteloso, queria um pouco mais de aproximação. De longe, o Capitão viu sua casa escura. Tinha pedido para as minas não fazerem nenhum movimento, senão alertariam o desconhecido.

Sentindo que era chegada a hora, numa comunicação de olhares, os dois voaram sobre o estranho, que, pego de surpresa, ficou logo apavorado, sem reação. Não fazia a menor ideia de onde haviam saído aqueles dois, só escutou o grito aterrador:

– Perdeu, perdeu, filho da puta! Parado, porra! – ordenou Caniço, com a arma apontada para a cabeça do sujeito, que começou a gaguejar.

A arma de Caniço estava engatilhada bem na cara do homem, na direção do olho. Ossada, ligeiro, deu-lhe uma banda, desequilibrando as pernas do invasor e prostrando-o no chão. Imobilizaram-no completamente, cravando-lhe uma saraivada de perguntas, xingamentos e porradas na cabeça e na cara.

Numa atitude estranha, o homem começou a dizer que era viciado em drogas, que tinha ido comprar cocaína, maconha ou crack. Sabia que no morro da Providência a mercadoria era firme.

– Cala a boca, senão te passo! – berrou Caniço. – Tu tá pensando que aqui tem otário?

– Vou te passar, seu puto! Tu é espia, é X! – reagiu Ossada.

De branco que era, o homem perdeu ainda mais a cor. Com a cara pressionada no chão de terra, sob o peso do pé de Ossada, começou a soluçar feito criança, simulando choro.

Caniço arrancou a mochila presa nas costas do sujeito. Derramou no chão o conteúdo: uma câmera digital, um gravador, algumas barras de chocolate, um canivete, uma agenda, um livro, dinheiro, uma carteira com documentos e um telefone celular. Na carteira, nada que indicasse, como supôs Caniço, se tratar de um repórter. Também não havia indício de que fosse policial. E agora?

– Coé, fala sério! Tá sinistro esse caralho! – pensou em voz alta o Capitão.

Vendo que no lero não conseguiriam fazer o cara dar o serviço, partiram para a agressão, acertando pontapés e socos por todos os lados, principalmente na cabeça e na barriga. O sangue espirrou pela roupa e pelo chão, deixando poças e manchas.

Uma vez que o homem não apresentava mais resistência e tinha parte do rosto lavado em sangue, Caniço decidiu comunicar o ocorrido a Sapão para que este dissesse que atitude tomar.

– O cara tem vocação pra defunto – Caniço riu no rádio com o comparsa.

Sapão chegou num salto, acompanhado de mais dois, e já tinha dado o alerta no morro. Examinou o sujeito e seus pertences. Viu de cara, com sua experiência na bandidagem, que não era traficante nem viciado; ou era polícia ou da imprensa. Precisava avisar Robinho o quanto antes. Sabia que estava na moda jornalistas se infiltrarem nas comunidades para produzir matérias com câmeras escondidas e divulgar na televisão.

Pelo rádio, encontrou Robinho ainda na festa, onde era homenageado pela comunidade por dar proteção ao morro. O presidente da Associação de Moradores tinha chegado a fazer uma placa de metal com frases elogiosas ao bandido.

O traficante chegou ao local com uma rapidez surpreendente. Foi de moto, na garupa, com duas pistolas na cintura. Já chegou agarrando o sujeito pelos cabelos.

– Dá a treta, porra! – gritou Robinho. – Quem é esse porra? – quis saber, já agitado.

O homem se mantinha no chão, com o rosto sujo de terra e sangue. Robinho ordenou que lhe dessem uma geral, além da revista nos objetos da mochila. Foi quando Ossada encontrou, malocado dentro da calça do sujeito, perto da virilha, um revólver calibre 38. Foi a gota d'água para terem certeza de que era um X-9 ou um policial, ou as duas coisas ao mesmo tempo.

Robinho ficou ainda mais irritado. Sua certeza: houve falha na segurança do morro, e isso comprometia tudo, pois colocava em risco a própria organização. Será que aquele cara era o único? Um homem só, solto no morro, naquelas condições, acendia um sinal de alerta sobre cuidado e proteção: eles podiam estar sendo vigiados há algum tempo, o que de fato não era nada bom.

Insatisfeito com toda aquela situação, Robinho partiu para o que melhor sabia fazer: não poupou golpes e pontapés no sujeito, que cuspia sangue, sem saber se gritava, chorava ou gemia de dor. Com tantos golpes de pés e socos pela cara, não conseguia se levantar do chão, rolando de um lado para o outro, ora com as mãos na altura da barriga, ora na cabeça, tentando defender a nuca e o rosto.

Quase desacordado, praticamente lavado do próprio sangue, o homem pouco tinha condições de falar, mas era insistentemente perguntado sobre isto e aquilo. Com os pés de ouvido que levava, por certo também pouco ouvia o que os bandidos falavam com e sobre ele.

Robinho sofria uma transmutação quando algo assim ocorria. Ficava irreconhecível perante seus comandados. Ele mesmo perguntava, ele mesmo respondia. A menor possibilidade de perder seu império, de ruir sua organização, o deixava num estado de indomável fúria.

Enquanto o desconhecido gemia sobre o chão, enlameado pelo próprio sangue, o bandido pensava o que fazer com ele. Avaliou hipóteses possíveis e prováveis, julgou prós e contras, revisou várias vezes a mochila que o sujeito carregava. Quando pegava na máquina digital, voltava a ficar enfurecido e endiabrado.

Essa elucubração toda o fazia bufar de raiva e ódio, de sede de vingança. Tinha ideias de violência, de aterrorizar, de barbarizar. Na mente, o temor de ter um novo Tim Lopes na cola de bandidos, mas isso era improvável. Mesmo assim, decidiu aplicar a "Lei Robinho Capeta".

– Bora julgar esse merda, tá ligado? – dirigiu-se, em tom de consulta, à facção ali reunida. Olhou na direção de Caniço, sugerindo que ele começasse, já que foi quem descobriu e capturou o invasor.

– Aí, na moral, bora quebrar esse filho de uma puta! – disse o Capitão.

– Mermão, tô com o Capitão, tá ligado? – falou Ossada, dando apoio à decisão do amigo.

O grupo seguiu pelo mesmo caminho, e assim, um a um, a sentença foi se consolidando. Enquanto isso, o homem, em estado deplorável, aguardava silenciosamente o final do tribunal amarrado num poste.

– Pessoal, nada de deixar pistas nem marcas da passagem aqui, tá ligado? – Sapão disse, dirigindo-se ao bando.

– Então carrega o cara pra Pedra Lisa – sugeriu Chicletão, que, ao ouvir o disse me disse, viera se juntar ao grupo após seu plantão na entrada do morro.

A Pedra Lisa fica próxima ao precipício formado pela antiga pedreira. Do seu cume, entre a Caixa d'Água e uma das principais saídas do morro, avistam-se a Central do Brasil, o Ministério da Guerra, a Praça da República e o imponente Sambódromo, além do edifício Balança Mais Não Cai, da Praça Onze e, entre outros, do prédio da Prefeitura, também conhecido pela alcunha de Piranhão. A Pedra Lisa possuía uma concavidade, ou caverna, vulgarmente tratada de "micro-ondas", usada para os sacrifícios mais solenes. Aquele local, para os bandidos, era o ponto de honra das execuções.

– Mandou bem, esse porra tá cheio de vocação pra defunto – sentenciou, afinal, Robinho.

Com a sorte selada, passaram aos preparativos. Todos tinham noção do que fazer, do que providenciar, incluindo o bloqueio local para a proteção de todos. Três do bando foram escalados para carregar o corpo quase inconsciente até o local determinado. Chicletão comandou o toque de recolher no morro – Robinho não queria testemunhas. Orelha foi providenciar pneus e gasolina suficientes para incinerar o corpo.

Nenhuma tarefa foi dada a Ossada, mas a Caniço foi reservada uma posição ao lado de Robinho, que conduzia a operação.

– Isso é brincadeira à vera, sacô, Capitão? – disse o chefe.

Caniço estava ligado na parada, sacava tudo muito rápido e conseguia se inserir no processo todo. Só não imaginava que a coisa fosse tomar aquelas proporções – execução no micro-ondas.

– Capitão, vem comigo – determinou Robinho.

O bandidinho, a princípio, ficou quase sem ação.

– Você foi esperto em dar o bote nesse X filho da puta, que podia foder nós todos.

Ainda sem saber o que dizer, com cara de paisagem, o moleque só ouvia.

– Jamais tive dúvida de tu, sacô, desde quando te vi. Capitão, tô grato a tu, pode crer.

Com a mão no ombro de Caniço, Robinho, aparentando estar mais calmo, caminhava para o terreiro da Pedra Lisa. No local, um verdadeiro ritual estava sendo montado. Caniço arregalou os olhos. Nunca havia imaginado presenciar tal coisa, embora ouvisse falar direto. No centro do terreno estava estendido o corpo do invasor, já despido da camisa e dos tênis. Jogada a um canto, estava a mochila com seus pertences.

Robinho sentou em um pequeno banco improvisado de madeira diante do homem, que estava quase imóvel.

Mesmo assim, o chefe fez uma última tentativa de tirar informações do moribundo.

– Comigo é fogo certo! – chegou a dizer para os seus homens.

O sujeito sequer mexia os olhos, mas Robinho iniciou uma nova sessão de torturas à base de agressões. Ajudado pelos comparsas, o bandido bicava a cara, as costas, a barriga e os colhões do homem, já sem energias até para gritar. Aumentando o tom da crueldade, o chefe pediu uma torquês. Com ela, a cada pergunta não respondida, decepava um dedo do pé ou da mão do homem já quase sem vida.

Talvez não houvesse mais sangue para vazar de suas veias, nem lágrimas de seus olhos nem voz para os gritos e urros. O estado de torpor do sujeito era enorme: não fosse a respiração forçada, pelo nariz, a expulsar crostas de sangue que vinha da ruptura de vísceras e artérias – perfuradas, certamente, pelas costelas quebradas –, não pareceria ter sequer um sopro de vida dentro daquele corpo.

Robinho não ouviu muita coisa com as sessões de torturas, nem se o homem fez algum apelo. Mutilado, suas energias estavam exauridas totalmente. Uma aliança no dedo denunciava que era casado. Capeta exultava, como a fazer jus ao nome, pelo ato que cometia. Coroando sua perversidade, cortou o último dedo pendente, no qual se localizava a aliança de ouro, que jogou para um dos comparsas.

Caniço assistia com olhos arregalados. Tinha visto muita coisa – ele mesmo passara por poucas e boas –, mas nunca aquilo. E tudo havia começado com uma ação sua. Lembrou-se de uma frase que ouviu certa vez na favela de Moça Bonita, em Padre Miguel: "Não há limites pra nós da bandidagem. A gente nasce pro crime; ou é matar ou morrer".

Foi despertado de seus pensamentos pelo chamado de Robinho, que, com sangue nas mãos, lhe entregou uma pistola automática, determinando, como a lhe conferir o posto mais destacado daquela operação:

– Passa ele, Capitão!

O jovem bandido, agora integrante importante do bando criminoso, aproximou-se do homem cuja vida se esvaía loucamente. Com olhos alucinados, fixos no corpo despojado à sua frente, desferiu dois tiros certeiros no centro da cabeça. As balas perfuraram facilmente o crânio, estalando como um coco rachado por golpes de pedra.

Feito o serviço, antes mesmo que Caniço se afastasse e ouvisse o "viva" do chefe e dos demais elementos do bando, outros bandidos se aproximaram e atiraram com a mesma violência e desumanidade, descarregando suas armas, cada um deixando também sua assinatura no crime. Um deles chegou a perfurar o cadáver com vergalhões, como se preparasse um porco para assar.

Segurado de ponta a ponta por quatro homens, o que sobrou do corpo foi içado e lançado na chama de um forno bem incandescente, mantido por madeiras velhas e borracha fedida de pneus, provocando labaredas de fogueira. Em seguida, os pertences do morto, foram lançados também no fogo. Enquanto isso, um rega-bofe preparado de última hora para a ocasião, regado a cerveja e uísque, era trazido para comemorar a façanha do bando. O chefe parecia em êxtase, tendo à sua frente, ao alcance da vista, o micro-ondas em plena operação, cumprindo, mais uma vez, sua função.

Ao longe, enquanto todos estavam ali na maior neura, zumbia o som do batidão do funk, mantido estrategicamente para desviar a atenção das atrocidades do grupo.

O repertório nas caixas de som levava para todo o morro a voz de MC Sabrina:

Que careta que é você
Fica só no sapatinho
É melhor tu dar um dois
Na maconha do Robinho.*

Em outra passagem da música, que Robinho e Caniço ritmavam com o pé no chão, se ouvia solenemente:

Aperta logo um quebé
Sai rolando pra geral
Cada um que dá doisinho
Fica fora do normal.

Embora extenuado pela operação, Robinho estava satisfeito, convicto de que havia eliminado uma possível grave ameaça ao seu império – e, por tabela, à sua vida e de sua gente. Afagando o pupilo, a quem só tratava de Capitão, o bandido se regozijava por Caniço ter passado o cerol no invasor, cumprindo, com louvor, sua prova de fogo no grupo.

Terminada a missão, recomendou à guarda que mantivesse a coisa em ordem e só desgrudasse do local quando todos os vestígios tivessem desaparecido.

---

* A letra de MC Sabrina foi adaptada pelo autor. Na versão original, o verso é: "Na maconha do boldinho".

Com a mão sobre o ombro de Caniço, Robinho desceu o íngreme acesso, ambos já chapados por conta do álcool e das drogas. Num estalo, resolveu dar um rolê no baile que acontecia na quadra. Caniço ia à tiracolo, seguido de Sapão, seu cão de guarda, e de Ximbica, um pilantra de meia-idade que havia começado no morro servindo no esquema de fogueteiro.

A hora já ia solta, mas a quadra fervilhava de gente. A chegada de Robinho causou reboliço, sobretudo entre os puxa-sacos de plantão e a mulherada. O Capitão, que chegou colocado com o chefe, chamou também a atenção. Posicionado num canto considerado o mais seguro, o bandido foi prontamente servido com sua bebida preferida, cerveja com uísque. Parecia que a favela toda estava na festa. Logo, diversas pessoas apareceram para falar com ele. Algumas chegaram direto, outras aguardaram. Além dos adultos, crianças também queriam estar por perto para receber afagos e simpatias.

Mas o que Robinho queria mesmo era zoar. Com tanto cigarro de maconha aceso, uma neblina de fumaça encobria o ambiente. Chapado, resolveu azarar todas as mulheres que chegavam para cumprimentá-lo ou simplesmente ficar por perto. Mulherengo de carteirinha, abraçou algumas minas, passando uma delas para Caniço.

Como a voz grogue, gaguejou para o novato:

— Capitão, a mina é presente pelo dia de hoje. Não aceito amarelar.

A garota mal caiu nos braços do jovem bandido, que também já estava alto, e tratou de sugar sua boca. Robinho encorajava o moleque a aceitar a apetitosa oferta.

— Maluco, essa é pra morder todinha!

Vendo que Caniço não estava tão à vontade, ainda mais na presença de tanta gente, o chefe sacou a parada.

– Manda essa porra de coração pro caralho – disse ele, gesticulando. – Matriz só dá preju.

A gata parecia concordar com o que dizia Robinho, pois sorria satisfeita a cada palavra proferida pelo dono da facção.

Para compensar os comparsas, dentre eles Sapão, Robinho jogou uma garota para cada, depois se liberou.

– Agora me deu moral, chefia – disse o braço direito de Capeta.

Unha e carne com Robinho, Sapão se fizera na bandidagem até se tornar o segundo no comando do tráfico do morro, sendo agora o responsável pela negociação das drogas e pelo recebimento de armas que envolvia a rota do eixo Rio-São Paulo e Rio-Minas Gerais. Sua presença era sentida em todos os cantos da Providência, nas entradas e nas saídas. Ele e Robinho casavam perfeitamente tática e crime: o chefe tinha a visão militar; e Sapão, a vivência das ruas e dos reformatórios.

Com as mulheres, porém, tinha fama de perverso. Era chamado de "rebenta lacre" por sua preferência por garotas virgens e de pouquíssima idade. Aliás, entrara para o crime após matar o pai de uma menina de 12 anos que havia acabado de desvirginar. Flagrado e agredido pelo homem, reagiu com violência, assassinando um pai que tentava defender a honra da filha. Sanguinário, parecia fadado ao crime, e jamais conhecera o próprio pai ou a mãe. Diz-se que a mãe, depois de fugir de uma casa de correção para meninas, formou uma pequena gangue e se abrigou nas ruas, onde praticava furtos e se prostituía por drogas. Sapão viera ao mundo por esses fatores.

Festa no fim, com o amarelão do horizonte anunciando o raiar do novo dia, Sapão começou a organizar a saída do chefe. Como estavam agarrados com as minas, pensou numa festinha.

– Bora marcar um dez com essas minas? – propôs o braço direito.

Robinho gostou da coisa e sugeriu a casa do comparsa, que morava sozinho, ao contrário dele, que tinha mais de uma mulher, e alguma estaria aguardando por ele no cafofo. Sem contar Caniço, que estava numa levada romântica com Robertinha, cada vez mais grudada nele.

– E aí, bora ferver? – disse Caniço, dirigindo-se ao chefe, animado de última hora.

– Já é! Bora quebrar tudo com essas peguetes – alardeou Sapão.

Refeito da experiência vivida na Pedra Lisa, Caniço resolveu relaxar, até porque arregar não pegaria bem depois de tudo o que houve. Ou seja, não tinha saída. Com Robinho no comando, ou, melhor, dando aval às intenções de Sapão, tudo o que tinha a fazer era entrar de cabeça, sem pensar no amanhã. O caso era aproveitar as minas e curtir um pouco mais sua aproximação com um dos maiores traficantes da cidade, e agora, seu protetor.

Antes de partir, Sapão e Caniço prepararam um pequeno farnel com latinhas de cerveja geladas e saquinhos de salgadinhos. Deixaram a quadra trôpegos. A segurança do chefe o acompanhava de perto, cobrindo a retaguarda. As vielas eram íngremes, estreitas e escuras, a não ser por umas gambiarras aqui e ali, dependuradas nas entradas dos barracos. Mas vivente do morro, assim como Robinho, Sapão conhecia bem aquelas vielas e becos, podendo até dizer o nome do morador de cada barraco.

Dispensados os seguranças, que tomaram seus rumos, os três, agarrados com suas minas, chegaram afinal à casa do braço direito. Era uma habitação caiada de branco, de lajes pré-fabricadas, com porta de ferro e janelas de alumínio.

A noite do trio foi regada ainda de muita bebida, drogas e amassos nas mulheres. O álcool e os entorpecentes pareciam influir na libido dos bandidos, e a madrugada foi embora sem que se dessem conta.

O dia, quando clareou, encontrou os três exauridos. Caniço estava bodado, largado no sofá. O mesmo se podia dizer de Sapão. As minas já tinham cantado pneu.

O chefe estava, embora morgado, alerta e vigilante. Era um sujeito peitudo; o Exército lhe dera essa atitude, essa resistência.

CAPÍTULO 10

O morro acordou sobressaltado após o sumiço da filha de seu Dezinho. Ana Paula, de 11 anos, tinha desaparecido havia dois dias, depois que um homem, segundo testemunhas, a arrastou para dentro de uma Kombi no acesso à comunidade, tomando o rumo da Central do Brasil, daí atravessando o Túnel João Ricardo e ganhando, certamente, a Avenida Brasil. O relato do episódio foi feito pelo outro filho de Dezinho, Milson, de 7 anos, que havia presenciado a cena.

Soltas no morro, onde viviam livres depois da escola, as duas crianças eram queridas na comunidade por serem prestativas e dóceis. Quando algum adulto pedia algo, como comprar cigarros ou cervejas nas biroscas, iam sem reclamar nem pedir nada em troca. O pai trabalhava numa refrigeração para os lados da Mangueira. A mãe fazia faxina, doces e salgados, vendidos para os vizinhos. Nos dias daquele calor ferveção do Rio de Janeiro, de queimar a moleira, ela preparava os "geladinhos", sacolés de frutas afoitamente disputados pela criançada. De diversos sabores, os que atraíam mais eram os de manga, doce de leite e abacaxi.

O desaparecimento de Ana Paula agitou todo o morro, e até a bandidagem ficou eriçada. Seus pais foram à Delegacia de Proteção à Criança e ao Adolescente e também procuraram a Fundação Para a Infância e Adolescência, a FIA-RJ. A entidade estadual prometeu publicar a foto da menina no site da instituição e, caso ela não aparecesse nas semanas seguintes, incluir a foto em cartazes espalhados em pontos estratégicos da cidade, como estações de trem, ônibus, barcas etc.

Ao completar o terceiro dia sem qualquer notícia aproveitável, os pais procuraram também os jornais. Três deles deram destaque especial ao desaparecimento: *Extra*, *Expresso* e *O Dia*. O casal acabou ficando conhecido pelo trágico acontecimento. Uma fotografia dos dois, compungidos, ilustrou todas as matérias sobre o ocorrido. Era a primeira vez na vida que apareciam numa página de jornal, e ao receberem visitas de vizinhos e parentes, eles se apressavam a exibir as reportagens, guardadas com cuidado, antes mesmo dos comentários.

Mesmo triste e chorosa com o desaparecimento misterioso da filha, a esposa de Seu Dezinho não deixava de reparar na sua imagem nas fotos.

– Veja você, homem – repetiu ela ao marido, com quem vivia há quatorze anos. – Eu poderia ter saído melhor nessa foto.

O marido espiou pela ducentésima vez a página do jornal, rota nas beiradas de tanto a manusearem.

– Eu é que estou ruim com essa camisa. Pareço um mendigo – ponderou Dezinho, e observou: – No *Expresso* a gente tá melhor. Vamos comparar?

E compararam, horas a fio, imagens e textos.

– Da próxima vez, vou falar com Marinha pra ajeitar meu cabelo. A gente não pode sair de qualquer maneira, não – ela retrucou.

Os dois ficaram, como se tornou costumeiro todas as noites, observando e relendo aquelas reportagens. Enquanto isso, no pequeno quarto antes habitado pelas duas crianças, um beliche permanecia vazio, aguardando o retorno de sua ocupante.

A menina, no entanto, não apareceu.

Mas não era só pelo sumiço da menina que o morro se agitava. Os ataques perpetrados pela quadrilha de Robinho – uma das ações sugeridas por Caniço – estavam chamando muito a atenção das autoridades do estado. Num verdadeiro ato de terror, o chefe da bandidagem intensificou a perseguição a policiais, alguns deles tendo tombado em confrontos, trocas de tiros ou enfrentamentos. Outro feito realizado, de grande repercussão na mídia nacional e internacional, tinha a ver com assaltos a turistas na Linha Vermelha, à saída do Galeão, e com ataques a carros-fortes para roubar malotes de dinheiro. O Rio de Janeiro parecia sem controle e nas mãos dos bandidos.

Os assaltos a turistas eram o que mais irritava as autoridades, uma vez que sua repercussão chegava a outros países. O impacto no turismo da cidade se refletia no calçadão de Copacabana ou da Barra e do Recreio. O medo estava no ar dada a divulgação dos fatos nos jornais impressos e nos noticiários de tevê, sobretudo no horário nobre da programação.

No caso dos turistas, funcionava assim: dentro do esquema sugerido por Caniço, dois ou três homens do bando – incluindo ele próprio – ficavam no setor de desembarque do Aeroporto Internacional Tom Jobim, nos guichês das companhias de táxis, "soprando" a chegada e a saída dos gringos mais afoitos, de preferência os sozinhos. A missão dos olheiros era informar a procedência dos gringos, se exibiam riquezas ou muitas malas – o que daria ideia do tempo de permanência na cidade –, se estavam em grupos e em que carros deixavam o aeroporto. Outro grupo do bando ficava posicionado na via expressa, aguardando a passagem do carro indicado, para dar o bote certeiro. Pegando os viajantes de surpresa, os ladrões conseguiam um bom saldo do roubo: geralmente dinheiro estrangeiro, joias de valor e equipamentos eletrônicos, tipo máquinas fotográficas, *palmtops* e celulares.

O esquema contava também com a ajuda de taxistas a serviço de Robinho. Muitos táxis que rodam na cidade são financiados por bandidos e milicianos, policiais e bicheiros. Com os passageiros tranquilos nos veículos, os motoristas fingiam errar o caminho e entravam em favelas, culpando o GPS, ou paravam em falsas *blitze*, formadas, na verdade, pelos bandidos.

As ações do grupo de Robinho aterrorizaram tanto a cidade que houve ameaça de intervenção federal na força de segurança. A coisa foi tão bem orquestrada que havia gente da polícia com medo de encarar os bandidos.

– Não é possível, delegado. Eles são mais fortes do que nós, estão bem mais armados – chegou a proferir um policial, ativo na corporação havia quinze anos.

Os jornais faziam cada vez mais estardalhaço sobre as ações dos bandidos e a morosidade da polícia em conter seu poderio e sua ousadia. Então, o governo do estado resolveu se antecipar: pediu ajuda federal, que forneceu um contingente da Guarda Nacional de Segurança.

Enquanto as autoridades não se entendiam, a bandidagem fazia a festa. Robinho Capeta continuava tendo destaque na imprensa. Uma foto publicada no jornal *O Globo*, não muito nítida porque fora clicada à noite, mas denunciadora de sua presença, exibia o bandido numa festa de drogas organizada no morro.

O Paiol estava abarrotado de armamentos e objetos roubados. Havia também muito dinheiro, não só reais, mas dólares e euros. Em um dos cantos do espaço, era possível ver todos os armamentos tirados da polícia. Em outro, aparelhos eletrônicos, câmeras fotográficas, mercadorias, malas e bolsas de grife.

O resultado de tudo isso foi que, depois de desmoralizada, a polícia resolveu reagir com mais inteligência. As polícias militar e civil se uniram para combater o problema. O governo federal enviou, além do contingente da Guarda Nacional, um destacamento de inteligência da polícia federal. O morro ficou em alerta máximo. Nas redondezas da Central do Brasil, altura do túnel João Ricardo, ou nas imediações das ruas Cidade de Lima e Santo Cristo, havia destacamentos montados com barricadas da força de segurança.

Os bandidos permaneciam aquartelados no morro, à espera de um relaxamento da polícia. Robinho e seus homens não podiam vacilar. Não era a hora. As festas de drogas e os bailes funk foram controlados para evitar maiores aglomerações, sobretudo de pessoas estranhas, e possíveis infiltrações de gente como o último forasteiro que haviam capturado no alto do morro.

O boato desse crime, aliás, também desencadeou a investida das autoridades. Um telefonema ao Disque Denúncia indicou que um homem havia sido capturado pelos bandidos de Robinho e morto na localidade denominada Pedra Lisa, dentro de um forno de pedra bem grande, medonhamente apelidado de micro-ondas. A família do homem informou que ele saíra de casa para fazer uma investida no morro, onde já estivera outras vezes, de forma clandestina. De acordo com sua esposa, o marido chegou a assistir festas com fartura de drogas, nas quais crianças, jovens e mulheres fumavam maconha e portavam armas de grosso calibre com a maior naturalidade. Os indícios de que o corpo ainda estava no morro levaram a polícia a investigar o paradeiro do desaparecido.

Depois da intensificação do número de atentados e matança de policiais, os bandidos retrocederam um pouco. A tática de Robinho era recuar um passo, avançar dois. Precisavam reagrupar o bando, recarregar as energias, repensar as estratégias, colocar as coisas em ordem. Qualquer falha ou vacilo poderia ser fatal para a organização, sob o custo de serem presos ou mortos. De toda forma, o assassinato de Manoelzinho estava vingado.

Depois de uma reunião bastante agitada com Robinho, os soldados do tráfico foram reposicionados no morro. A estratégia era reforçar os pontos-chave de vigilância com homens munidos de armas e rádios transmissores. Qualquer suspeito deveria ser detido e revistado; se oferecesse resistência, era preciso levá-lo imediatamente à presença do chefe para a tomada de decisão junto ao chamado tribunal do tráfico.

A essa altura, Caniço chefiava um pequeno grupo, porque havia recebido a missão de vigiar o lado do morro com ramificação para a rua Cidade de Lima. Ossada era seu homem de confiança nessa operação. Ele deveria repassar para o Capitão tudo de anormal que recebesse do comando para que não houvesse perda de tempo nas tomadas de decisão.

Depois de montada a operação e de checado o sistema de proteção do chefe do tráfico, Caniço passou em casa para falar com Robertinha, pois, de repente, sentiu falta da namorada. A mina estava com um short saia comprado ali perto, no Mercado Popular da Central do Brasil, e uma blusinha azul-claro, sempre curtíssima, mostrando o umbigo. Tinha o cabelo puxado para trás, dividido ao meio, destacando-se a franja colada na testa à base de gel. Caniço se eriçou, mas se conteve. Sabia que o momento era delicado demais para essas paradas.

O filho de Robertinha dormia na paz dos mundos num berço que Caniço havia pegado num caminhão de móveis roubados na Dutra ou na Washington Luís fazia alguns dias. O Capitão praticamente assumira a garota e o filho, que agora ficavam com ele direto. Robertinha quase não via mais a mãe, Dona Socorro, que passava boa parte da semana trabalhando fora ou sozinha no barraco.

Aproveitando o sono da criança e o plantão de Ossada no ponto da rua Cidade de Lima, Caniço deitou o fuzil no chão e as pistolas sobre a mesa, pôs o rádio de lado e chamou a atenção de Robertinha, comunicando-se pelo olhar. Estirou-se numa cadeira e, abraçado a ela, acendeu um comprido cigarro de maconha.

Um relaxamento gostoso se apossou dos dois. O silêncio e o sossego da casa, àquela hora, transportou o casal para outras regiões, longe daqueles dias tumultuados, sempre bélicos.

Mas, de repente, algo cortou o barato de Caniço: do fundo da mente, ouviu uma voz gritando "Capitão,

Capitão!", acompanhada de renitentes batidas na porta da casa.

Despertou num salto: alguém o chamava de verdade.

– Caralho – trovejou. – Caí na porra do sono.

Abriu a porta. Deparou com Ossada e outros dois do bando se esgueirando para transmitir alguma informação.

– Caniço... – tentou dizer Ossada.

– Capitão – um outro falou.

– Porra, manés, manda a geral aí, caralho! – falou um Caniço já sem paciência.

Havia rolado uma invasão no morro. De acordo com as informações, era um grupo grande, integrado por policiais da 4ª DP, do Batalhão de Choque, da Força Nacional e da Coordenadoria de Recursos Especiais, a CORE. A subida ocorrera por diversos pontos do morro, principalmente pelas ruas Rego Barros e Santo Cristo.

Caniço ficou puto. Aquele relaxamento todo com Robertinha desapareceu. Deu um beijo na gata e saiu, já firmando a ideia de que todos se espalhassem, bem armados e municiados, para surpreender os invasores.

No trajeto, Ossada deu todo o serviço: informou que, além de todos os grupos de policiais, ainda fazia parte do choque da invasão um Caveirão, que dava proteção para as dezenas de meganhas. Depois de se inteirar da operação e da possibilidade de ataque, Caniço, mais calmo, ligou para Robinho a fim de saber se havia novidades sobre a situação.

– Porra, Capitão, onde tava tu? Te procuramos pra caralho! – berrou Robinho pelo rádio, muito estressado e puto.

– Aí, chefe, os home treparam geral – disse Caniço, dando uma de desentendido da bronca que levou.

– Disso eu já sei, Capitão! – voltou a mostrar impaciência o chefão. – Bora é meter o dedo nesses porras. Bora mostrar que aqui eles não se criam.

– Tô ligadão! – devolveu Caniço, já se aprontando para a guerra.

Era a primeira vez que Caniço iria encarar uma ação dessas de frente. Pegar em armas, enfrentar os canas, sabendo que, se não atirasse para matar, iria morrer. Era hora de defender seu fiofó.

Robinho, muito agitado, passou instruções para o bando evitar enfrentamento direto com a polícia e com os agentes da repressão. Tinha dado ordens para a comunidade sair dos barracos e andar pelo morro, principalmente as mulheres e as crianças. Dizia que quem mandava no morro era ele e que não tinha essa de toque de recolher, ainda mais da polícia.

– Quero colaboração geral, sem caô pra cima de mim! – esbravejou, parcialmente descontrolado. – Vamos tumultuar a porra da operação deles, tá ligado? Se for o caso, atirem em alguém da comunidade mermo, aí o caldo esquenta de vez, e a culpa é sempre dos meganhas.

– Já é! – falou um dos comparsas, que logo saiu para vigiar seu ponto.

– Capitão, vamos passar o cerol nessa canalhada.

– A gente atira e geral pensa que é os cabras, chefe.

– Fé! Fé! Fé! – cantou a pedra o bandido. – A chapa tá quente.

Robinho foi repassando para Caniço as últimas orientações e decisões. O Capitão ficou atento às falas do maioral do crime, sempre no intuito de aprender lições e táticas, que consistiam em evitar a aproximação dos tiras na base do tráfico, a Caixa d'Água e o Paiol, onde o coração da quadrilha batia com toda força.

Sob a ordem de ocupar as ruelas, os moradores iam e vinham procurando demonstrar naturalidade. Isso fazia com que os policiais agissem baratinados. As biroscas e botecos exibiam mesas e cadeiras nas portas, onde se sentavam, indiferentes a tudo e a todos, homens, mulheres e crianças. Em alguns pontos, barracas de cachorro-quente, vulgo podrão, e churrasquinho de gato completavam o cenário exigido pelo dono do morro, que, apesar de tudo, era querido na comunidade. O clima do "não sei de nada" ou "o que está acontecendo?" tinha que reinar.

Muitos policiais conseguiram adentrar o morro. Embora fortemente armados, subiam cautelosos, em duplas. Passavam pelos moradores, a maioria mulheres e crianças, e pelas barracas e churrasqueiras, que, estrategicamente, atravancavam o caminho. Em outros pontos, barreiras de concreto e pneus velhos, prontos para serem incendiados, também eram vistas por todos os lados, montadas para atrapalhar ou impedir a passagem, sobretudo de carros da polícia.

A vigilância da bandidagem era geral. Mas a polícia estava atenta e muito focada. Toda e qualquer atitude suspeita merecia dura abordagem. A ordem era revistar a todos – até mesmo crianças, o que causava revolta dos seus acompanhantes ou pais. Grosseira e muitas vezes autoritária, abusando do poder, a polícia acabava ganhando a antipatia dos moradores, sobretudo os mais velhos.

Em poucos minutos, os policiais tomaram todo o largo. Pelo rádio ou pelo celular, comunicavam-se com a Central de Informações – na verdade um carro tipo van, todo equipado com aparelhos de transmissão, usado para rastrear sinais de rádio e telefone –, cujo objetivo era identificar o esconderijo do bandido chefe, Robinho Capeta.

Com a queda da noite, a coisa mudou. Não demorou para apagarem as lâmpadas dependuradas em postes improvisados nas portas dos barracos. Quando isso acontecia, os moradores entendiam bem o sinal: a coisa tinha saído do controle. O pipoco ia comer solto.

Cada um, por sua conta, foi entrando em suas moradas. Os birosqueiros correram a fechar suas portas, recolhendo o que puderam. Os barraqueiros e churrasqueiros de gato tomaram a mesma atitude, recolhendo o que era seu antes que os policiais quebrassem tudo à base de chutes e cacetadas. O morro estava no salve-se quem puder. A força de segurança ia quebrar a autoridade de Robinho na base da porrada, na tranca e na bala.

Em diversos pontos do morro, já havia tiro solto cuspindo pelos canos. Os policiais se agitavam. Moradores corriam. A bandidagem estava entocada, cada um no seu intento. Era matar ou morrer. A noite prometia.

Os tiros se intensificaram. O largo já havia virado um campo de batalha, com o tiroteio massacrando tanto policiais quanto bandidos e moradores. As rajadas vinham de todos os lados. O calibre era grosso. No céu, luzes incendiárias faziam o caminho dos projéteis. Só se identificava de onde surgiam as balas quando saíam das bocas dos revólveres ou metralhadoras, produzindo, pelo atrito, faíscas e pequenas labaredas.

Mesmo assim, alguns moradores insistiam em ficar pelas vielas, por pura curiosidade. Era visível o desespero dos policiais ante a reação bélica e a resistência dos traficantes. Em meio a tudo, o zigue-zague dos moradores.

Pelo rádio, ouvia-se pedidos de socorro, de envio de mais homens, tudo para reforçar a operação policial.

– Sobe o Caveirão, sobe o bicho! – gritou um policial acuado na parede de um barraco.

Não demorou muito, de uma rua bem escura surgiu um monstrengo de ferro e rodas, bastante aterrador. Tinha uma aparência pavorosa: uma dentuça desenhada no para-choque e dois olhos caveirosos sobre o capô, que davam ao carrão todo blindado aquele aspecto assassino, destruidor, de morte. O Caveirão era realmente um veículo para impor medo, respeito e ordem à força.

A entrada do trambolho foi saudada pelos policiais ao mesmo tempo que os comparsas de Robinho o alvejavam com balas de todos os calibres. Se não fosse a proteção da blindagem, não seria possível sobreviver dentro dele.

Com o Caveirão, os policiais puderam bater em retirada. Não houve baixa, apenas um policial se feriu com um estilhaço de tiro na mão. Entre os marginais, um, ao menos, tombou.

CAPÍTULO 11

Já era madrugada. Aos poucos, em cada canto, o barulho dos tiros foi diminuindo. Tudo ia assumindo um ar de normalidade, mas nem tanto. As ruas ficaram esvaziadas. Com isso, alguns traficantes surgiam pelas ruelas e lajes das casas. Dentro de algumas horas, o dia iria clarear.

Fogos de artifício foram lançados, sinal do controle da situação. Os homens de Robinho deram, enfim, uma relaxada. O chefão acendeu um cigarro de maconha e trouxe para si uma garrafa de uísque.

No dia seguinte, os jornais deram suas versões da operação policial. Da sua mesa da 4ª DP, na Central do Brasil, o delegado lia o jornal, que deu destaque ao confronto:

> *O suposto sequestro de um policial civil por traficantes da Providência, morro do centro do Rio, mobilizou cerca de 60 policiais militares, um helicóptero e um carro blindado, do tipo Caveirão. O policial, segundo fontes apuradas pelo Disque Denúncia, teria sido capturado pelo bando de Robinho Capeta, informação*

também divulgada por agentes da Coordenadoria de Operações Especiais (CORE), que participou da tentativa de subida no morro.

Apenas fragmentos de roupas foram encontrados durante a busca no alto do morro, local denominado Pedra Lisa. O paradeiro da vítima é até agora desconhecido pelo setor de inteligência, pois, segundo se apurou, teria sido executado por ordem do chefe do tráfico.

Na operação, foi ferido na mão um policial e morto um suspeito conhecido pela alcunha de Malhado, um dos supostos secretários do chefe da facção criminosa.

A morte de Malhado deixou o chefe do tráfico furioso. Malhado era cria da comunidade, filho de Dona Rute, que alimentou muitas gerações com suas deliciosas quentinhas. O bando comeu muito pela mão dela.

Na reunião do grupo, convocada para avaliar a operação, Robinho foi duro, fez críticas, chamou na chincha, pediu atenção dos fogueteiros. Buscapé, armeiro de confiança, partiu para a agressão, falou grosso, até mais alto que o chefe, para dizer que tinha que cortar a mão do primeiro mané que falhasse.

— Moçada, devagar com o andor, já dizia minha mãe — apaziguou o traficante. — Vamos conquistar territórios sem destruir a porra toda. Na guerra, cabeça no lugar é tudo, tá ligado?

Ninguém entendeu muito bem aqueles ensinamentos do tipo *A arte da guerra*. Mas ele era o chefe; sem dúvida, sabia o que estava dizendo.

Era preciso organizar o grupo. Cada um teria a tarefa de aparelhar sua base, instruir seus homens e não deixar faltar munições.

– Escuta aí, se vacilar, tamo fodido, tão ligados? – continuou o comandante. – Na moral: olho vivo em quem sobe e desce.

Robinho sabia que tudo aquilo só estava começando. As autoridades estavam com sangue nos olhos para pular na jugular dele fazia tempo. Portanto, era hora de endurecer, ficar de butuca, não deixar escapar nada. O Exército lhe ensinara muita coisa, e o principal era não subestimar o inimigo.

Os soldados do crime tinham plena noção da gravidade do momento. A operação sufoco era crescente. Para todos, a polícia era nula, mas, quando se tratava de vingança, de ter um troféu, ah! Aí, iam com tudo.

– Isso é uma guerra contra os pobres – filosofou o bandido chefe –, não exatamente contra nós.

Depois de uma baforada na maconha, continuou:

– A gente morre nessa guerra pra justificar o massacre dos mais pobres, pois, nesse país, pobre é igual a band...

Ele ia dizer "bandido", mas a voz embargou. Robinho parecia meio boladão – pelo menos era o que sua expressão denunciava. Para todo o grupo, apresentava-se como uma rocha humana. Suas falas eram certeiras.

Depois que todos dispersaram, Robinho recolheu-se com Sapão, Caniço e outros homens para o interior do Paiol, considerado o local seguro. No esconderijo, voltou a falar sobre a operação, as situações enfrentadas e, sem dúvida, os tempos difíceis que viriam. Mas também reagiu. Não admitia baixar a cabeça. Não era o fim dos tempos. Muita água estava para rolar.

Fumaram e beberam. Falaram de suas mulheres, das novinhas, dos últimos sucessos do funk que tocavam nas paradas. Pelas horas altas, depois de muitos baseados e cervejas, Robinho fez uma declaração que intrigou os comparsas, sobretudo Caniço.

– Ô, meu. Nóis que tá nessa lenha, pega a visão: se eu tombar, cuida da boca e da família. Isso tudo é patrimônio nosso, a construção do nosso suor, tá ligado?

Ele sabia, melhor do que ninguém ali, que aquela vida era passageira; sai um, entra outro. É esse o cantochão da vida do crime e do dito criminoso.

Caniço, e principalmente Sapão, não tiveram qualquer reação aparente. Preferiram acender outro cigarro de maconha e abrir outra latinha de cerveja. O calor estava aumentando. O ventilador não dava conta de refrescar o ambiente.

– Tô falando sério, sacô, cambada? – insistiu o chefe, diante do silêncio geral.

– Bora é tomar uma, Comandante. Nóis tá aqui pra garantir a firma – disse Sapão, meio sem jeito.

– Eu tô fechado com Sapão, sem essa de tombar. Se tombar o chefe, tomba tudo. É nóis, tá ligado? Vamo botar pra vala esses tiras filhos da puta – reagiu, pela primeira vez, com furor, o Capitão Caniço.

Saíram ambos, Caniço e Sapão, cada qual para sua moradia. Robinho ficou. Alguns homens ficaram com ele. O local era seguro e sossegado. A noite já quase se despedia. Longe, o horizonte amarelava.

Ossada aguardava o amigo na soleira da porta. Robertinha dormia a sono solto; não havia resistido de tanto cansaço, de tanta espera. Além do mais, seu moleque dera trabalho o dia todo: tossiu, vomitou e teve febre, mas já estava bem.

Caniço relatou a situação da boca. Ouviu sugestões e pediu conselhos. Ossada não era menos inteligente, nem menos astuto. Tinha, também, muita sensibilidade, e mesmo com a pouca conversa pôde perceber que a situação perigava para o lado da quadrilha. Logo entendeu que precisariam resistir até as últimas forças e munições. Sabia o que aconteceria se voltasse a ser capturado: seu destino seria o Padre Severino, onde o diabo batia ponto e dava as ordens.

Os dois tinham isso em mente. Ossada ainda mais, pois era mais novo.

Um filme projetou-se na memória dos amigos. A tortura dos guardas, os desmandos do diretor, o gosto da vingança, cruel como um estilete cortando a carne, por tudo o que tinham feito e aprontado. Não podiam ser pegos. Por isso, era melhor dar todo gás ali no morro.

Eram tempos difíceis, mas também nunca fora fácil. Haviam nascido com esse estigma.

Apesar de toda a estratégia definida, Robinho sabia, conscientemente, que seu destino estava traçado. Mais dia, menos dia, seria caçado, vivo ou morto, tal a ira dos que estavam atrás dele. Quando isso acontecesse, seria, com certeza, exibido como troféu sob fortes adjetivos, tais como "sanguinário", "homicida" e "assassino". Caso vivo, seria trancafiado numa cadeia de segurança máxima, monitorada, vinte e quatro horas por dia, por câmeras e pela sanha do povo. Pagaria pelos crimes cometidos e por outros que jamais ouvira falar. Assim era a lei para os criminosos como ele; muitas vezes, resolviam-se vários casos com uma única prisão. Era mais barato para o sistema, como matar dois coelhos com uma cajadada só. Robinho sabia o que aconteceria com ele. Não tinha dúvidas.

O morro vivia dias tensos e inquietos. As pessoas andavam pelas ruelas e ladeiras agarradas às paredes, acuadas, olhando para os lados, assustando-se com a própria sombra. Os moradores estavam com medo e apreensivos.

A tropa de choque do traficante estava sob grande pressão. Fortemente armados e alertas, faziam vigília nas lajes das casas ou posicionados em janelas e becos. Robinho ficou o tempo todo em sua toca, escondido, mas sendo informado de tudo – tática necessária.

O Paiol passou a ser seu refúgio. Ali reunia a cúpula para repassar e repensar a movimentação do dia e para conferir a grana da venda de drogas, que havia caído muito com a presença da polícia na área.

Mesmo com todo o aparato, usuários e viciados subiam o morro e driblavam a vigilância dos canas, disfarçados de moradores. Para membros do tráfico, como Jujuba e Mentirinha, os canas faziam vista grossa sobre essas entradas a fim de identificar os locais de venda ou para infiltrar gente deles na comunidade, o que facilitava dar o bote depois.

Todo cuidado era pouco. Robinho, a essa altura, comungava dessa ideia. Com os homens da polícia na sua cola, o pouco e o quase nenhum se confundiam.

– Coé, quer saber? Tudo que é pouco pra mim não vence, tá ligado? – dizia para quem quisesse ouvir.

O momento mais difícil para Robinho era a caída da noite sobre o morro. Ele já quase não dormia, vivia pelos cantos procurando fantasmas, que às vezes eram sua própria sombra. Bebia uísque com cerveja o tempo todo e fumava adoidado, um cigarro de maconha atrás do outro. As armas estavam sempre engatilhadas, prontas para o disparo. Era como se o espectro do policial que ele havia matado no micro-ondas – que só foi saber ser policial depois – rondasse sua mente e atazanasse sua vida.

Andava tensionado, alucinado, mesmo enlouquecido, em sua zoeira. A fuga estava na bebida e na maconha. Não ficava um único momento sem ouvir seus funks preferidos, que iam de MC Sabrina e Buchecha a MC Catra. Parece que só isso o acalmava e o aliviava.

Eu te neguei
Não te amei
Eu vacilei
Nunca te dei valor
Te esnobei
Te desprezei
E hoje sou eu
Que quero teu amor

Agora eu sou negatório
Do tino implacável da lei
Hoje eu estou solitário
Ciente do vacilo que eu dei

Robinho ouvia, cantava e dançava no Paiol como se estivesse num baile. Mas era puro nervosismo. À noite, recebia a visita de alguma mina que trampava por dinheiro ou que era da fé, e amanhecia nos braços dela.

Alguns dias e algumas noites foram assim. Depois de todo esse tempo malocado ali, o estado do Paiol era deplorável. Após a pilhagem que o bando fez pela cidade, o espaço ficou exíguo, permitindo pouca movimentação. Armas, munições, fardos de maconha, tonéis de dinheiro, tudo amontoado, amarrado, ensacado em pequenos ou grandes embrulhos, ao lado de materiais eletrônicos, malas, bolsas e pertences de turistas, tudo isso em meio a mobílias, que se resumiam a camas, fogão e geladeira, além de roupas espalhadas, sujas e limpas misturadas. Para completar a desordem, restos de comida em marmitas fedidas, com cascos e latinhas de cerveja vazios. Um caos generalizado.

Esse aspecto deplorável era sintoma da decadência que reinava na organização criminosa e na cabeça de Robinho. Seus comandados não sabiam mais o que fazer; mesmo o Conselho da organização, uma espécie de núcleo político mais duro, fechado e seletivo, com as melhores cabeças pensantes do bando, já não encontrava mais argumentos para demover o chefe daquele estado de torpeza, entre a paúra e a melancolia.

De qualquer forma, os soldados se mantiveram em alerta máximo. O chefe era informado de tudo, e parte dessa informação dizia que a tropa de choque da polícia estava dividida sobre uma nova invasão ao morro. Estava pouco claro para as forças de segurança quem deveria, desta vez, encabeçar a operação. De um lado, queriam Robinho morto para justiçar e exibi-lo feito troféu; do outro, queriam-no vivo para pagar na cadeia tudo o que tinha feito durante a vida de crime.

Para tensionar ainda mais a situação, um grupo ligado aos direitos humanos exigia transparência e defendia passividade nas ações policiais para garantir a integridade dos moradores da comunidade, vítimas constantes de "balas perdidas" em tiroteios entre a polícia e os bandidos.

– Bala perdida porra nenhuma – falava Robinho. – Todo mundo sabe que essa porra de bala perdida é caô. – E complementava: – Ninguém atira a esmo. Quando é do interesse dos canas, eles atiram direto nos moradores, no peito, na cabeça, pra matar. Cana atira bem, é treinado, tem pontaria. Capão é nóis, os pé-rapados da hora. A gente entra no mundo do crime no susto, na bronca, por falta de opção. A gente vive na encruzilhada. Taí.

Essa exibição toda servia apenas para esconder a decadência da supremacia do traficante. Mesmo entre seus homens, uns e outros já o tratavam com indiferença, e diziam, pelos cantos, que ele não estava em condições de mandar mais em nada, que o morro estava sem comando.

– Não dou ideia mais pra ele – alguém ouviu um bandidinho rastaquera dizer.

– O cara não é mais aquele sangue bom – dissera outro num dos cantos do morro.

Essa cultura de rivalidade, aos poucos, ia se formando entre um e outro do grupo. Claro que não era com todos; os mais fiéis, como Sapão, Caniço e um grande número de homens que estava com Robinho desde o início, permaneciam ao seu lado, protegendo e fortalecendo seu moral.

Mas, visivelmente, Robinho era sombra e osso. Uso diário de drogas – maconha, cocaína e até mesmo crack – e de bebidas fortes e carregadas, aliado à falta de bom sono, o transformaram num zumbi, num morto-vivo. Sua aparência, antes viçosa e esbelta, mostrava um rosto hachurado, perto do pavoroso. Seu nariz tinha feridas terríveis, apresentando vermelhões e sangramentos de tanto inalar pó. Os olhos estavam fundos, resultado do cansaço, da vigília constante por sua segurança e do pavor de ser pego de bobeira.

O pior de tudo eram as noitadas. Robinho varava noites na orgia, na companhia de muitas mulheres. Seu estresse e mau humor estavam bem altos, e algumas vezes os comparsas precisavam acordá-lo ou levantá-lo depois dessas "festinhas".

Enquanto isso a polícia, aliada à Força de Segurança Nacional, ia retomando suas operações. Os jornais voltaram a cobrar respostas das autoridades, que cederam à pressão da imprensa. Disse a matéria de um jornal sensacionalista:

> *Pelo segundo dia seguido, policiais e traficantes trocaram tiros no alto da Vila Portuária, no morro da Providência. Os agentes da polícia caçavam o traficante conhecido pelo nome de Robinho Capeta, que é desertor das Forças Armadas.*

> *Ninguém saiu ferido na operação. De acordo com fontes da Secretaria de Segurança Pública, o bandido está no morro, mas seu paradeiro ainda é desconhecido. Na comunidade, os moradores não falam sobre o assunto. Ninguém viu ou sabe de nada.*

O clima estava pesado, com muito entra e sai no Paiol. Robinho jamais vivera dias tão intensos em suas atividades no mundo do crime. Os comparsas mais próximos, entre os quais Sapão e Caniço, não se desgrudavam, parecendo irmãos siameses, de tão unidos. Com rádio transmissor numa das mãos, o braço direito disse a Robinho as palavras que ele menos queria ter ouvido:

— Chefe, a cachorrada invadiu o morro novamente. Estão por todos os lados, sentando o dedo, e passaram Beto Negão com um balaço nas costas, perto de uma hora atrás.

– Beto Negão...? Porra, caralho! – explodiu o bandido em sua toca; era mais um homem de confiança que tombava. Em seguida, perguntou: – Sapão, onde esse doido tava pra deixar pegar assim, e pelas costas?

– Ele tinha roubado um carro na Brasil, chefe – falou Caniço. – Perseguiram e encurralaram ele. Foi aí que fedeu a porra toda.

– Caralho! Roubou carro? Porra, Capitão! – reagiu Robinho, inconformado. – Era hora desse filho da puta provocar o leão com vara curta?

Se o clima já não estava bom, a moral da turma baixava geral com essas notícias.

– Ainda bem que os canas passaram ele, senão eu mermo passaria esse vacilão – concluiu Robinho, tentando levantar o astral.

Apesar da situação, a risada foi geral.

– Comandante, quais são as ordens? – perguntou Sapão, com o rádio de transmissão em posição para passar as orientações de Robinho.

– Cair pra cima. Bora ferver esses putos todos. – E num tom de trovão: – Bora fechar a guarda até esses mané canelar do morro. E tem mais: quem abater um desses porras, ganha prêmio pessoal do Robinho.

O bandido tinha por hábito premiar quem fizesse uma boa ação, tipo passar um meganha ou elevar o moral do grupo. Então, de repente, num rompante que ninguém sabe de onde veio, Robinho tomou uma decisão.

– Quer saber? Eu vou pessoalmente dar uns tiros nesses putos. Tô com sede na goela.

– Fala tu, Caniço... – saltou Sapão.

– Chefe, precisamos de tu por aqui... – argumentou Caniço.

Robinho interveio, filosofando:

– Capitão, essa é nossa sina, tá ligado? Guerrear para não ser guerreado. Simbora pro esforço.

O bandido começou a se equipar todo, reunindo armas e munições para cair dentro do confronto. Estava resoluto de que essa era a coisa certa a ser feita.

Sapão acionou toda a segurança; queria garantir a melhor retaguarda para o chefe e amigo.

– Chefe indo pro combate – avisou no rádio.

Robinho tomou a dianteira do grupo, e, ao lado de Sapão, se consultava com Caniço para saber o passo a passo da batalha travada com a polícia. De acordo com as notícias do rádio, as autoridades não estavam de brincadeira. Os bandidos vinham sendo atacados por todos os lados. Nas ruelas, o Caveirão, com seu ronco metálico, diabólico, impunha terror e medo aos moradores. No alto, circulava um helicóptero zombeteiro, feito uma mosca-varejeira, lançando inquietações sobre as cabeças dos criminosos ao mesmo tempo que tentava guiar as forças da lei à sua localização.

CAPÍTULO 12

A cada ataque da polícia, Robinho ardia de raiva e fúria. Visivelmente alterado, estava vestido para a guerra. Usava coturno e calça verde-oliva, herança dos tempos de Forças Armadas, e camiseta branca com a insígnia do Exército Brasileiro. No pescoço, seu antigo medalhão da época de caserna. Além do cinturão de balas devidamente municiado, portava também granadas – de que gostava muito –, uma espingarda sobre os ombros e uma pistola automática.

Face tensa, olhos avermelhados, boca e nariz pronunciados, muito ofegante, Robinho estava pronto para ferrar com os facínoras que queriam lhe derrubar e ocupar seu morro. Mostrava para o seu grupo que o morro tinha dono, e quem se atrevesse com ele pagaria um preço alto: a própria vida.

– Deixa vir esses policiais filhos da puta! – dizia enquanto caminhava para um ponto-chave no morro.

Durante a subida, olhando cada vez mais do alto, voltava a dizer:

– Que venham, tá ligado? Vou atacar com toda minha fúria, tô pronto pra guerra.

Ao longe, ouvia-se intenso tiroteio. As balas de fuzil zuniam na escuridão da noite sobre casebres e barracos, que pareciam encolher-se, com receio de também serem atingidos. As entradas da favela estavam todas tomadas por policiais e carros oficiais, bem como a saída do túnel João Ricardo, sobretudo no acesso à Cidade do Samba, onde o trânsito havia sido interrompido.

Nas ruas em torno da Central do Brasil, a situação estava um caos: policiamento, ostensão e movimentação atípica de homens fardados e civis. Carros da imprensa congestionavam-se na região atrás de notícias. A concentração maior se dava na altura do posto de gasolina, geralmente usado pelas vans e pelos micro-ônibus. As polícias civis e militares confabulavam, e o quartel do Terceiro Comando, ali ao lado, também não ficou imune aos acontecimentos, tomado por uma movimentação inabitual de militares fardados, além de carros e viaturas.

Robinho continuava no comando, mas longe dos rastros dos homens da lei. Ninguém tinha notícias dele. Entre os policiais, dizia-se à boca pequena, mas sem confirmação, que ele estava em seu esconderijo, com sua farda do Exército e pinturas pelo rosto, preparado para o combate.

Por outro lado, um olheiro do bandido, Miúdo, estava dando um outro tipo de serviço. Misturado ao povo, conversando abertamente entre as viaturas e as barracas de apoio, conseguia saber do que falavam e o que planejavam os policiais. Um puteiro da rua Barão de São Félix, nas costas do Terceiro Comando do Exército, lhe servia de base, onde se malocava para passar as informações. Lá havia rádios transmissores, armas e drogas, guardados de comum acordo com a cafetina do local.

Miúdo tinha trânsito, circulava livremente, entrava e saía de biroscas. Na saída do morro, pelo acesso ao lado da pedreira, fora minuciosamente revistado pela polícia. Seus documentos também foram checados. O objetivo da verificação era identificar algum bandido da quadrilha. Mas Miúdo não tinha passagem, apesar de não ser flor que se cheire: as anotações em sua ficha corrida não tinham a ver com o crime organizado, mas com a surra numa mulher que ele queria foder e que o recusou.

– Não trepo com homem duro, e além de tudo, feio – dissera ela na ocasião, o que azedou o caldo nos brios do sem-vergonha.

Mas Miúdo se safava de todas. Morando em morro barra-pesada, oficial de justiça nenhum se atrevia a ir notificá-lo. Como não o acharam, o inquérito acabou arquivado; e ele, continuou aprontando.

Agora, como "avião" privilegiado de Robinho, Miúdo cumpria tudo à risca: colhia informações e, de dentro do puteiro, escondido num dos quartinhos, fazia a transmissão. Depois, saía como se nada tivesse acontecido. Essa estratégia evitou muitas vezes que a bandidagem fosse surpreendida, embora muitos policiais, sobretudo à paisana, já se encontrassem infiltrados na comunidade naquele momento.

Por este motivo é que Robinho ficou bem escondido dos olhos de todos, e mesmo entre seus homens, poucos sabiam seu paradeiro. À sua disposição, tinha uma turma de muita confiança que o obedecia cegamente. Falava pouco pelo rádio e raramente no celular, a menos que fosse extremamente necessário. Sabia, por experiência, que tais aparelhos podiam ser facilmente rastreados. Ele mesmo chegou a ter acesso às transmissões de rádio das patrulhinhas da polícia, recebendo muitos detalhes da operação contra ele.

Por outro lado, na chefatura de polícia ou da Secretaria de Segurança Pública, na rua do Lavradio, o clima era de grande desespero. Ninguém se entendia. Ouvia-se gritos e mais gritos em meio a falas descontentes. O secretário não largava o telefone com o gabinete do governador: cada vez que o aparelho tocava, sua face se transtornava.

A imprensa noticiou que o governador tinha dado um ultimato ao secretário por não trazer resultados satisfatórios com relação à operação, que dominava negativamente a opinião pública. Pensando numa maneira eficaz de minar seu subordinado, o governante montou um gabinete de crise no próprio Palácio Guanabara – na verdade, na sua antessala. Não confiava em mais ninguém desde a ameaça que sofrera de CPI e *impeachment* na Assembleia Legislativa, o que rendeu grande desgaste na sua base política e no seu eleitorado. E pior: o nível de propina havia crescido, sendo necessário despender grandes somas em dinheiro, além de fazer acordos envolvendo parlamentares, juízes e desembargadores, para se manter no cargo.

A secretária do governador era quem controlava as entrevistas e coletivas de imprensa. Também era a responsável pelas seguidas ligações para o secretário, e sempre que o fazia era para dar novas instruções de seu chefe, que só esperava uma boa oportunidade para exonerá-lo do cargo – sem desgastes políticos, claro, já que ele era de indicação forte.

Esse panorama dava uma boa ideia do que rolava nos bastidores. Era evidente o *tour de force* entre o governador e o secretário. Da parte do governador, a operação no morro da Providência era uma ação orquestrada para fortalecer sua ambição de reeleição. Do outro lado, o secretário via no episódio uma oportunidade de se cacifar popularmente e passar a ser uma alternativa de poder, visando voos mais altos, mas com olho gordo na cadeira do seu superior.

Outro fator importante era o governo federal. Ao enviar tropas federais para apoiar ações militares contra a bandidagem, o que não fugia de sua obrigação, o ministro da Defesa visava, claramente, pôr em xeque a ordem institucional do governo estadual, que já havia sido ameaçado de intervenção pela força pública.

No meio dessas pretensões e disputas, ou ambições político-institucionais, estavam bandidos como Robinho Capeta. Escondido por cautela, e não por medo, pois era daqueles que costumava encarar a polícia de peito aberto, Robinho tinha uma ficha de bons serviços prestados ao Exército. Chegara a ser laureado com diversas medalhas, inclusive a do Pacificador, em homenagem a Duque de Caxias, como reconhecimento a sua bravura, à época, por ter salvo um colega em instrução no Campo do Gericinó.

A camuflagem que usava era vista por seus comparsas como uma abnegação militar, jamais esquecida. Era capaz de sacrifícios pelos ideais que acreditava, e como qualquer homem de pensamento militar – embora ali estivesse na condição de adversário das leis –, avocou para si a missão de proteger e defender seus homens e sua comunidade, orientando, traçando estratégias, acolhendo, bolando táticas e liderando os momentos de ataque. Robinho se irritava quando havia baixa entre seus comandados ou quando alguém mexia com sua família do crime – para ele, sagrada. Nem a queda da venda de drogas o enfurecia tanto, embora fosse dela que se sustentasse.

Ali no Paiol, o chefe ria de uma piada mal contada por Caniço. A chegada do novo membro muito o alegrou; via nele alguém positivo, com atitude, que se antecipava nas ações. Sua presença também ajudou a equilibrar o grupo, antes muito focado em Sapão. Sua esperteza, coragem e simpatia, seu jeito risonho e aberto, suas opiniões e os bons resultados que conseguia para o grupo, como o aumento da arrecadação financeira, o fizeram querido no bando. Verdade seja dita: ficou popular, o projeto de bandido.

As fugas do Padre Severino, divulgadas em detalhes pelos jornais, também lhe deram *status* no mundo do crime. Houve o caso de um pai do morro que procurou Caniço para ver se ele não conseguia uma fuga para o filho, que cumpria medida socioeducativa nos porões da Ilha do Governador por roubo a uma senhora. E não é que Caniço conseguiu? Acionou seus contatos dentro e fora da instituição, e o adolescente, de uma hora para outra, ganhou a rua, aparecendo diante do pai ainda com uniforme de interno.

Fatos desse tipo fizeram Caniço crescer rapidamente no morro e ficar bem visto na comunidade, enchendo os olhos do Comandante, orgulhoso de sua cria. Até bem pouco tempo, de todos que cercavam Robinho, mesmo Sapão, ninguém conseguira demonstrar tanto tirocínio para a bandidagem. Daí colou bem a alcunha de Capitão, dado o seu comando, que era natural.

Pelo seu militarismo, Robinho trazia tudo planejado em mapas e na cabeça. As entradas do morro estavam todas em desenho. Sabendo que os meganhas da polícia tinham invadido pontos estratégicos, marcou com bonequinhos pretos os pontos onde a invasão acontecia, reforçando a ideia de bloquear tais acessos, pondo atiradores e olheiros escondidos, prontos para agir sob qualquer movimentação suspeita.

Entre uma e outra baforada no cigarro de maconha, o chefe chamava a atenção daquele grupo, que considerava a cabeça do bando. Dizia que era preciso azucrinar a vida dos invasores, confundir, espalhar informações contraditórias e mentirosas, aumentar sua imagem militar e seu poderio bélico. Era necessário causar apreensão e dúvida.

Enquanto isso, a cidade vivia aquele clímax de pavor misturado com espanto. A população estava sobressaltada. Por toda parte, os comentários provocavam discussão, dos botequins às igrejas evangélicas, das filas de emprego e dos bancos às ruas, incluindo o camelódromo da Uruguaiana, onde a maioria dos boxes pertencia à malandragem ou à milícia. Temia-se andar pela madrugada na cidade de bobeira.

Informações noticiadas pelos jornais diários e pela televisão mantinham os fatos e acontecimentos vivos na mente do povão. Depois da última novela do dia, o assunto que dominava a cena era a resistência dos marginais e a operação infausta da polícia. Obviamente, era desse modo também que bandidos e autoridades aproveitavam para se dar bem, tirando proveito próprio do fundo desse tacho.

No entorno do morro, continuava o plantão da polícia para sufocar a gangue de Robinho dia e noite, noite e dia. Fazia um bom tempo que não se ouvia mais falar dele. Boatos sobre sua morte se espalharam e foram embora. Não se sabia mais o que era verdade ou *fake news*. Ora o chefão estava ferido, ora tinha sido visto andando armado no morro. Bem, ora isso, ora aquilo, mas de concreto mesmo, nada.

O que tudo isso representava, de fato, era uma babel de vozes desencontradas, construídas pelos próprios traficantes, não o contrário, e ecoadas estrategicamente para confundir população e autoridades. Mesmo diante desse disse me disse, as autoridades não arredavam o pé do morro, e com um contingente cada vez maior.

Ciente de tudo, Robinho esperava que as autoridades amolecessem e dessem o fora, já que pesava contra elas outro fator: os altos custos da operação, o que causava críticas e atritos. Nas tevês, especialistas demonstravam que valia muito mais a pena investir na prevenção – "Um preso custa o mesmo que dez alunos na escola", chegou a dizer um professor numa das reportagens.

Do outro lado, alguém não aguentava de aflição:

– Carinha – disse uma Raquel de voz adocicada e triste. – Cadê nossos homens?

Estavam reunidas Patrícia, Robertinha e Raquel. As três passaram a ficar juntas depois que Caniço chegou no morro. Eram parecidas fisicamente e ao mesmo tempo diferentes entre si. O que as aproximava era o fato de serem mulheres de bandidos.

Foi quando Patrícia cantou a pedra:

– Aí, vou bater pra vocês: peguei barriga do Robinho.

– Caraca, mulher! – exclamou Raquel, que escondia o sorriso em meio à tristeza.

– Caralho, que foda! – reagiu Robertinha, logo se aproximando da mina do chefe.

Das três, Raquel era a que menos entendia do riscado. Sempre teve uma vida complicada em casa, com a mãe, que chamava a filha de "cabeça avoada". Desde os 12 ou 13 anos, estava no mundo, vivendo aqui e ali, indo pouco à casa da mãe, onde sempre havia briga e discussões.

Passara por fase boas e ruins, mas, ao contrário das outras duas, nunca tinha engravidado.

Patrícia, a mais experiente das três, estava triste. Era a segunda vez que engravidava; da primeira, tinha abortado. Sentia que Robinho não era mais o mesmo, e toda a pressão dos confrontos estava acabando com ela. Depois de cinco anos juntos, era a primeira vez que via o companheiro assim, e embora ele fosse amável com ela, os dois estavam tendo pouco contato nessa fase difícil.

De todas as mulheres, foi com Patrícia que Robinho ficou por mais tempo. E ela gostava dele. No início, foi duro: era muita mulher dando em cima dele. "Muita xereca voadora", como gostava de dizer. Travou quedas de braço com umas e outras, dando até giletada na cara de uma novinha. Mas Patrícia tudo superou. Conseguiu fechar questão com Robinho e passou a morar com ele. Cria do morro, conhecia bem tudo e todos. E sabia dos casos dele, das puladas de cerca. "Foda-se", passou a dizer.

Na situação agora, as três viviam casos semelhantes. Mas, ao contrário de Caniço e de Ossada, Robinho não estava bem.

Enquanto isso, as táticas armadas pela polícia e pelo bando de Robinho pareciam as mesmas. Ninguém apresentava nada de novo. Do lado de Robinho, o silêncio era total. Da parte da polícia, aquartelada nas imediações da Central do Brasil, dava-se a entender que agiam dentro de um protocolo de rotinas.

No morro, a suposta normalidade afinal foi quebrada com a apreensão de um menor que zanzava pelas vielas. O rádio soou no Paiol, onde estava reunido o comando. O menor estava com hematomas das porradas que havia levado e não conseguia falar muito. A única coisa audível que disse, com certa dificuldade, foi "Caniço...", e então desmaiou, com a cara inchada dos socos e a boca empapada de sangue.

Logo o alerta foi acionado. O Capitão, citado pelo menor, pôs-se em atividade.

– Diga aí, Ossada, o menor falou no meu nome – Caniço perguntou pelo rádio, que já manejava bem.

– Esquenta não, já dou um lero no rádio pra saber qual a responsa.

Pouco mais de meia hora se passou e nada de Ossada dar sinal ou responder o chamado. Caniço resolveu sair e verificar por ele mesmo. Subiu na garupa da moto de um do bando e desceu as ruelas. Num ponto da descida, iluminado por uma luz fraca, deparou-se com uma pequena aglomeração. Desceu da garupa com a arma na mão. Viu logo Ossada agachado e não entendeu nada. Ao se aproximar, a turma, que sabia que ele era o braço de Robinho, saiu da frente.

– Que caô é esse aqui, maluco? – falou rispidamente, sem se dar conta do acontecido ali. – Fala tu, Ossada? Fala tu, mané? – continuou, sem entender por que o amigo estava concentrado.

De repente, Caniço teve as feições do rosto mudadas bruscamente. Seus olhos embaçaram. Uma imagem de espanto se desenhou rapidamente em sua fisionomia.

– Mané, é o meu mano, o Sem Memória.

Pela primeira vez, se viu algum tom de ternura em Caniço. Sem Memória estava irreconhecível. Apanhara tanto que ficou desacordado. Caniço ordenou que o levassem para sua casa e pedissem Robertinha para cuidar dele. Caso precisasse de alguma coisa, mandassem recado por zap ou pelo rádio.

Colocaram Sem Memória num carrinho de mão, desses usados em construções, e o levaram morro acima. Robertinha estava na companhia de Raquel e Patrícia. Quando se depararam com a cena, se estarreceram.

Caniço cobrou da moçada o autor daquela barbaridade. Sem Memória era um pivetinho, furtava para sobreviver – seu único crime, nada mais. Era, a grosso modo, um malandrinho das ruas.

Depois que falou com todos, Caniço ponderou. Soube apenas que largaram ele ali, nada mais.

No fundo, o morro estava sobressaltado: os moradores estavam com medo de uma invasão pra valer, que parecia prestes a acontecer. Os nervos estavam à flor da pele. Sabia o que tinha acontecido: Sem Memória fora vítima de um medo coletivo.

CAPÍTULO 13

No Paiol, agitado, Robinho aguardava Caniço. Quando este chegou, foi tranquilizar o chefe: tratava-se de um antigo amigo dos tempos do Padre Severino. Acrescentou que a moçada estava de cabeça quente e o confundiu com um pivetinho qualquer. Robertinha, Raquel e Patrícia estavam cuidando dele. Quando desse, trocaria uma fala com Sem Memória para saber o que houve de fato.

Robinho não conseguia relaxar. Enrolou um baguinho de maconha fininho e comprido. Em vez de pitar sozinho, partilhou com Caniço, enquanto Sapão pegava umas cervas geladinhas pra geral molhar a garganta.

No outro dia, pelo início da tarde, Caniço deu as caras no barraco para ver Robertinha e saber de Sem Memória. O amigo já conseguia abrir os olhos e o reconheceu. Seu estado ainda era lastimável, mas, consciente, tentou sorrir e gozar da cara do amigo com aquela voz rouquenha e fraca:

— Mané, os filha ia me passar geral.

Caniço riu, e, para aumentar a gozação, completou:

— Caralho, mano, tá na dívida comigo.

Os dois ficaram por algum tempo nesse lero-lero. Robertinha estava ansiosa, fazia tempo que não via Caniço. Os dois se abraçaram demoradamente e deram uns bons beijos, para riso de Sem Memória. Nesse momento, Ossada chegou para dizer que Robinho estava puto porque ele não atendia o rádio. Saindo voado, Caniço só teve tempo de dizer para Sem Memória:

— A coisa aqui tá muito porradona, tá ligado? Fica na manha aí, depois se junta com nós. — E saiu às pressas, sem se despedir de Robertinha.

Caniço adentrou o Paiol e encontrou Robinho com uma expressão estranha. Para ele, a entrada de Sem Memória no morro podia ser um indício de relaxamento da polícia e das forças de segurança, ou o contrário. Será que era hora de voltar a agir? Tivera um grande baque nas vendas de drogas. O caixa sofrera um abalo. Um mês a mais, a coisa ficaria realmente feia. Ele também precisava se reconectar com seu povo. Fazia tempo que não ia aos bailes, que não circulava na comunidade e não desfrutava de uma noite tranquila com Patrícia, sua preta-loura, agora buchuda.

Robinho então organizou um baile tipo portentoso. De repente, parecia outro homem: barbeado, de cabelo de escovinha à moda do quartel, bem-humorado. Parecia que nada estava ocorrendo por ali. Quando ouviu uma música de Seu Jorge, queimou a língua:

— Quer saber? Se esse negão aparece no pedaço, dou umas pernada nele.

Diante do espanto geral, completou com um risinho no canto da boca:

— Porra, qual é! O cara confere todas as minas, trampa com as gringas todas.

Raquel riu, de boca aberta e dentes bem à mostra. Caniço e Robertinha deram corda.

– Sangue mermo é Martinho da Vila – disse o Capitão, e cantarolou, ensaiando passinhos: – "É devagar, é devagar, devagarinho...".

A festança correu como de costume, com muita bebida e muita droga. A quadra, emparedada de caixas de som até o teto, ribombava som alto, às vezes ensurdecedor. Mas Robinho curtia. De seu cantinho, rodeado e cheio de proteção dos homens que lhe eram fiéis, reinava absoluto. Ao lado dele, Patrícia; mais adiante, Sapão, que sempre andava sozinho, sem mulher, e Caniço com Robertinha. Misturada na confusão do meio da quadra, entre os dançarinos, estava Raquel, solta, alegre e dançante. Dançar era tudo na sua vida.

O dia amanheceu sem maiores novidades. A polícia tinha de fato abrandado a vigilância no morro. Para se ter uma ideia, podia-se ver, a distância, uma única viatura, nada mais.

Enquanto isso, o governador sofria mais um desgaste. Na Assembleia Legislativa, um grupo de deputados tentava, pela quinta vez, aprovar uma CPI contra ele. A alegação era sempre a mesma: corrupção. No plano federal, outro furo no olho: o presidente da República queria impor, na marra, uma intervenção no estado. Esse debate deixava a população sem liderança, na incerteza, e a bandidagem voltava a reinar com maior sede.

Numa nova ação do bando de Robinho, um turista foi morto num arrastão na Linha Vermelha. Os arrastões, ou ações surpresa, eram manobras usadas pela quadrilha para pilhar rápido e aterrorizar. Pegavam as vítimas desprotegidas, sem saber que corriam o risco de serem assaltadas. Além do mais, o lucro era imediato e o caixa ficava garantido.

Fechar a via expressa na altura da Ilha do Governador para o centro da cidade também criava uma rota de fuga. Vindos na contramão do trânsito intenso, os bandidos baratinavam tudo, fazendo carros voltarem de ré e pessoas abandonarem seus veículos. Os turistas estrangeiros, por não entenderem a língua, à primeira vista pensavam que se tratava de proteção, até se verem acuados, com armas apontadas na cara e os pertences arrancados com violência.

Os ataques acabaram por alimentar um novo clima de insegurança na cidade. No perímetro urbano, voltou a aumentar o número de roubos e furtos a passageiros do transporte público e a pedestres. Os celulares se tornaram campeões entre os itens saqueados. Eram tantos casos que os registros de ocorrência passaram a ser feitos apenas via internet, no site institucional. As delegacias policiais andavam superlotadas, o que resultou em ameaça de greve, movimento iniciado na Cidade da Polícia, onde se reuniam as delegacias do estado.

Com os ataques dos criminosos de volta e a onda de insegurança, o governador teve que pedir arrego. Na audiência em Brasília, chegou a dizer que, por ele, já teria atirado um míssil nas favelas ocupadas por traficantes e bandidos, pois era a única maneira de acabar com o mal pela raiz. Mesmo os tais drones, que vinha empregando para identificar e até mesmo atirar nos meliantes, não surtiam o resultado desejado, pois muitos dos aparelhos eram alvejados a tiros pela bandidagem.

– Não há outra alternativa, senhor presidente – disse o governador, mas sem arrancar qualquer suspiro de compreensão do mandatário da nação.

Pelo contrário: atento ao desgaste por que passava o administrador estadual, o presidente mal o ouvia, e recebê-lo, naquele momento, foi mais por motivos protocolares do que por preocupação com os rumos que tomava a política de segurança do estado.

Enquanto isso, os bandidos continuavam a agir livremente, já que os governantes não se entendiam. Robinho voltou a reinar como antigamente. Conseguiu, em pouco tempo, reabastecer o Paiol com drogas, armas, dinheiro e munição. Deu uma organizada em tudo. A partir de uma dica de Caniço, passou a guardar o dinheiro em tonéis devidamente lacrados, os quais só eram abertos sob sua ordem e presença. Chegaram a conseguir que alguns tonéis fossem estrategicamente enterrados em um local secreto do morro. Caniço, que estava cada vez mais malandro e bandido, ainda brincou com o chefão:

— Bandido não abre conta em banco, né não, chefe? Banco a gente rouba. — E ria aquele riso solto.

— É, Capitão, pode crer... Mas digo a tu na responsa: tem uns manés que não pensam como a gente.

O riso contagiou todo o grupo, que há muito não se divertia tanto. As festas no morro voltaram a todo vapor. Mas Robinho, mais do que ninguém, sabia que alegria de pobre dura pouco.

Foi com esse espírito que deram curso a novos ataques. A ideia do chefe e de seu bando era ter um fortalecimento tal que ninguém mais poderia derrubá-los. Para isso, precisavam se armar bem e ter dinheiro o bastante para pagar propina para autoridades e políticos corruptos.

Mas, na confiança de que tudo andava bem, o grupo deu uma pisada de bola grande. Na tentativa de assalto a um carro forte na rodovia Washington Luiz, da qual até Robinho participou, deram mole e não perceberam quando um dos guardas revidou com tiros de escopeta que quase feriram o líder do bando. No fim, não levaram nada e por pouco não perderam vidas. O incidente chamou atenção por se tratar de uma via de alta rotatividade e acendeu um alerta: Robinho viu que precisava ter mais cuidado e que seus homens estavam vacilando muito.

Outra surpresa aconteceu semanas depois, quando o morro acordou com o barulho de sirenes de polícia e da Força de Segurança Nacional. Assim, do nada. No asfalto, pessoas foram revistadas; outras, presas por envolvimento criminoso. Um olheiro de Robinho foi preso na saída do túnel João Ricardo portando dois papelotes de cocaína e um rádio transmissor. Na verdade, a reação tinha sido deflagrada para sufocar a onda de crimes na cidade, trazendo segurança a pedestres e para os usuários de transportes.

Pouco depois, um amigo de Caniço foi apreendido em Copacabana por suspeita de integrar a "gangue da mostarda". O golpe consistia em sujar o calçado do turista de mostarda e, quando este percebesse, se oferecer para limpar. No geral, o gringo deixava. Quando se recusava, a coisa era feita na base da ameaça, o que surtia efeito, na maioria das vezes, com o turista soltando um qualquer.

A polícia resolveu dar uma dura na pivetada que atacava o centro da cidade e a orla da zona sul. Reorganizando o projeto de combate ao crime organizado, o morro da Providência entrou novamente no foco das autoridades, tendo como meta maior a captura de Robinho Capeta, considerado trunfo da operação. Para isso, o governador e o presidente fecharam um acordo de cooperação, assinado sob os holofotes da imprensa. A operação seria conjunta, e qualquer resultado positivo – captura ou morte do bandido chefe – seria contabilizado para os dois lados, com faturas para o Guanabara e o Planalto. Fragilizado politicamente, o governador não podia furar o acordo, sob pena de ter cancelado os aportes de recursos federais e, de lambuja, a ameaça de intervenção no estado.

A virada de mesa causou apreensão em Robinho. Mesmo assim, demonstrou pouco caso à notícia. Assuntos sérios vinham despertando essa reação nele havia algum tempo.

Fato é que tanto a polícia militar quanto a civil, além das forças do Exército, vieram pra cima com tudo e mais um pouco. Havia uma questão de honra entre as autoridades. Sufocar a quadrilha significava retomar o protagonismo na ordem pública, tambor para o resto do país. E mais: os milicos voltaram falando a mesma linguagem. Numa aparição espetacular, o governador sobrevoou a região de helicóptero, vociferando ameaças aos bandidos, do tipo "tiro, porrada e bomba".

Em vista disso, a bandidagem resolveu colocar as barbas de molho. Robinho, há muito à espera dessa reviravolta, contou os dias do início das operações contra ele e o bando. As noites e os dias passaram longos e cansativos. O núcleo duro do bando alvoroçou-se, e com certa razão. Era um entra e sai anormal no Paiol, e cresceu a movimentação de motocicletas nas vielas da comunidade. Único transporte utilizado no morro, ele era decisivo para a locomoção e o atendimento às necessidades dos moradores.

Na cidade, sabia-se que alguma coisa grande estava prestes a acontecer, embora não se soubesse exatamente quando. As alas pobres da lei apostavam no sucesso dos bandidos. Afinal, era com eles que faziam negócios escusos e de quem tinham cobertura na venda de armas e na eliminação de testemunhas, tarefas pagas a peso de ouro pelo tráfico.

O crime numa cidade como o Rio de Janeiro favorece bicheiros, "donos" de escolas de samba, políticos, lavadores de dinheiro do tráfico internacional de drogas, doleiros e afins. Lugares como o Sambódromo, especialmente no Carnaval, são partilhados e negociados palmo a palmo com as mais diversas forças marginais e com empresários corruptos, dado o seu alto potencial de lucro. O Carnaval que dá dinheiro a rodo na venda de bebida e droga, é controlado por mão de ferro e à bala, se necessário.

Na madrugada de domingo para segunda, uma movimentação chamou a atenção de todos no morro da Providência. Cerca de vinte policiais bloquearam, por meio de blitz, a entrada e a saída do túnel João Ricardo. O Terminal Rodoviário Américo Fontenelle ficou tomado de policiais, e os ônibus vindos da Baixada Fluminense, bem como as vans, passaram a ter dificuldade para entrar e sair, para estacionar e partir. Muitos passaram a acessar o trecho pela avenida Presidente Vargas.

O comércio local foi fechado. A arraia-miúda, gente que vivia pelas marquises, ou ruas, pedindo e mendigando, foi espantada do lugar. O Bar do Alemão, muito frequentado por Caniço e seu grupinho, foi o único que teve autorização para permanecer aberto, mas a clientela era baixa. O negão dono da birosca que vendia de tudo, de cachaça a torresmos no copo, passou a atender só policiais, e sentiu no bolso.

A chegada de policiais e de soldados do Exército deu o tom do circo que estava sendo armado. Por volta de 1 hora da madrugada, dois Caveirões estacionaram, um de cada lado, no posto de gasolina pela banda da Barão de São Félix. Deles desceram policiais de colete à prova de balas e com cara de poucos amigos, e uma barraca com emblema e escudos da polícia militar foi montada às pressas na calçada lateral da Central do Brasil.

Logo, uma saraivada de fogos de artifício brindou o céu mais alto do morro. Era sinal de que os bandidos já tinham ciência do aparato policial montado lá embaixo. Os fogueteiros deram o alerta com uma sessão de dez foguetes seguidos, código que denunciava que o poderio militar era grande.

Na barraca montada, uma surpresa: o próprio governador, em carne e osso, e de colete. Toda hora chegava um carro novo com muitos policiais. Ao lado do governador, seus seguranças, pessoal da CORE, agentes federais e parte da Força de Segurança Nacional, entre eles o secretário de Segurança estadual, que já estava na região havia tempos, mas sem grande alarde.

O governador, com seu lado histriônico, queria comandar a operação. Passou a manusear mapas da área, mas não entendia nada de cartografia. As ruas e entradas do morro eram, para ele, apenas riscos sobre o papel em branco com alguns pontos pintados de azul ou vermelho. Ele olhava para tudo aquilo com cara de inteligente. Ficava evidente que a operação estava sem comando ali, com a presença dele. Os técnicos da polícia, hábeis na leitura de mapas ou plantas, ficaram apreensivos. Logo um agente da polícia federal interferiu para dar acesso aos que entendiam do assunto e precisavam fazer seu trabalho: chamou o governador num canto e, despistando, o colocou para olhar a aglomeração de gente, o trânsito dos carros e dos Caveirões, introduzindo a equipe técnica no lugar em que deveria estar.

– Senhor governador, muito em breve teremos, sobrevoando a área, dois helicópteros próprios para voos noturnos – disse o agente federal.

Enquanto isso, Robinho ganhou tempo para armar toda a quadrilha, espalhando-a em pontos estratégicos do morro. De sua base, sentiu a pressão da comunidade, com pessoas acordadas em plena madrugada, choro de crianças ao longe e cachorros latindo. De repente, o som das hélices dos helicópteros estalou no alto da sua cabeça, seguido dos potentes faróis. Não teve dúvida: o ataque havia começado.

De dentro do Paiol, de posse de rádios transmissores, fardado e pintado, Robinho estava supostamente preparado para o confronto. Os primeiros disparos deram o sinal da guerra anunciada perto das 3 horas da madrugada.

– Brotou a guerra, caralho! – gritou Caniço, com os olhos vidrados pelas longas tragadas no cigarro de maconha.

– Já é, meu bando! – ribombou Robinho, fazendo coro com o Capitão.

A sorte estava lançada, e dessa vez seria diferente – Robinho pressentia. Rezou um pai-nosso acompanhado pelo grupo, tendo Caniço e Sapão ao lado. Depois, o bando saiu para os pontos determinados de confronto. Cada um tinha a função de comandar entre cinco e dez homens; em alguns casos, havia também mulheres, ainda que poucas, na linha de força dos ataques.

O morro estava em completa escuridão; poucos eram os barracos que mantinham alguma luz acesa, mas os que tinham, estavam em movimentação. Então, com os barulhos dos tiros e os voos rasantes de dois helicópteros, o sossego foi quebrado, sobressaltando as gentes. A maioria trabalhava no dia seguinte. Era uma agonia sem precedentes para todos ali.

CAPÍTULO 14

Por todos os lados, vultos e sombras passavam pelas vielas e becos da cidadela de Robinho. Parecia que o local estava tomado. Era, de fato, tudo ou nada. Havia policiais de tocaia detrás de barracos e casebres. Camuflados e silenciosos, procuravam posições de ataque, de forma a causar surpresa à bandidagem.

Por sua vez, os homens de Robinho conheciam bem o terreno em que pisavam. Além dos meandros do morro de difícil acesso, eram íntimos dos moradores, muitos dos quais seus parentes.

Mesmo assim, o confronto parecia iminente. A força policial contava com a ajuda dos drones atiradores e dos holofotes dos helicópteros, que iluminavam o caminho para os milicos avançarem. Obviamente, isso facilitou muito a operação, provocando baixas no grupo do bandido. A cada baixa, mais avanço das forças policiais pelo morro, que já tomava pontos estratégicos.

Robinho estava informado de tudo. Cauteloso, não deixou seu esconderijo, e toda vez que lhe chegava a notícia de que alguém da força policial tinha sido alvejado, mortalmente ou não, vibrava, praticamente sozinho, ou dizia:

– É nóis dando a bronca!

Caniço estava no centro dos acontecimentos: recebia todas as notícias pelo rádio e passava para o chefe. Ao seu lado, acompanhando tudo, Ossada e Sem Memória – este, completamente restabelecido, se juntou ao grupo.

O tiroteio já se ouvia, intenso, em muitas localidades do morro. No asfalto, uma grande movimentação de viaturas nas imediações da Central do Brasil só não provocava transtorno porque era madrugada. As autoridades estavam a postos, e além do governador, do secretário de Segurança e de grande contingente da polícia federal, havia agentes da Defesa Civil e três deputados aliados ao governador – dois estaduais e um federal.

Moradores que queriam ter acesso ao morro eram revistados; os que desciam, também. Os combates se intensificaram com a subida dos Caveirões. De tempos em tempos, a ambulância socorria algum policial ou bandido ferido a tiro.

Eram atendidos pelo grupamento da Defesa Civil. Um agente ferido relatou que no morro tinha dois policiais mortos, alvejados "por chumbo grosso".

– A bandidagem está poderosa. Os companheiros estão estourados, estirados no chão. O fogo cruzado não nos permitiu retirar os corpos – disse o agente antes de apagar sobre a maca.

O governador não se continha. Fez menção de pegar uma metralhadora e subir o morro também, dentro do Caveirão, para abater ele mesmo os bandidos. Era bravata. Em resposta, um grupo de "deixa disso", incluindo o deputado federal e o agente da polícia, que chegaram a falar que seria suicídio e que a oposição poderia achar que o mandatário do estado quisesse, isto sim, aparecer. Não pegaria bem.

– Deixa na mão dos profissionais, governador – disseram os presentes.

Mas, não contente, o governador ordenou que os helicópteros e os drones atiradores não poupassem ninguém. Protestando, pediu celeridade na subida dos Caveirões. O dia já estava clareando quando o governante se retirou, fazendo-se acompanhar do pessoal da polícia federal e dos três deputados que lhe eram fiéis.

– Que alívio! – resmungou o secretário de Segurança Pública, tão logo os carros oficiais tomaram a contramão da rua que dava na avenida Presidente Vargas.

– Agora sim podemos trabalhar em paz! – exclamou outra voz, mais ao fundo.

A saída do governador desanuviou o ambiente, até então bastante carregado. Porém, antes de ir, o chefe estadual pediu relatórios minuciosos sobre a operação, dando conta do andamento dos trabalhos; qualquer coisa, estaria no Palácio das Laranjeiras, sua residência oficial. O secretário não tinha outra alternativa a não ser obedecer. Ainda não era hora de peitar o cara; precisava de mais fôlego para garantir seus objetivos políticos.

Enquanto isso, lá no alto do morro, o tiroteio corria solto. Havia notícias de lado a lado. Os jornais televisivos começaram a exibir as primeiras notas a respeito da operação. O que se noticiava é que havia muitos mortos entre a gangue de Robinho, que até o momento continuava escondido, mas havia baixa do lado da força de segurança. Um repórter chegou a falar em "carnificina", referindo-se ao fato de que havia moradores da comunidade entre os corpos.

A polícia interceptou uma chamada de rádio de Robinho dando a seguinte ordem a Caniço: "Capitão, mete fogo neles". Uma emissora divulgou o retrato de Caniço e descreveu sua trajetória de crimes, identificando-o na fuga do Padre Severino e no roubo do turista no hotel na orla da zona sul.

O dia havia raiado. As ruas estavam apinhadas de gente. Muitos moradores reclamavam que estavam sendo molestados pela força de segurança, que os abordava na ida para o trabalho. No terminal rodoviário, o tumulto era grande, bem como na entrada do túnel, que estava controlado pela polícia. A Central do Brasil não dava conta de tanto povo, espremido entre a gare e o acesso às plataformas. O caos no trânsito das imediações estava generalizado.

Já iam para quase cinco horas de tiroteio, iniciado no meio da madrugada, quando um cessar-fogo repentino aconteceu. Policiais desceram as ruelas em meio ao povo, aos curiosos, ao pessoal da imprensa e aos agentes públicos. A CORE trazia, em um dos Caveirões, os corpos de dois policiais e de quatro traficantes. Na descida do morro, na lateral do muro da Central do Brasil, apareceram dois corpos em um carrinho de mão, não identificados, trazidos não se sabe por quem.

Um jornal noticiou os confrontos:

Policiais e criminosos entraram em confronto no morro da Providência neste domingo. Moradores do local e motoristas que passavam pela região relataram ter ouvido tiros e bombas na comunidade, que fica entre os bairros de Santo Cristo, Saúde e Gamboa, na região central do Rio de Janeiro. Segundo relatos, o tiroteio era ouvido na rua Conselheiro Zacarias e na rua do Livramento. De acordo com a assessoria de comunicação da polícia militar, criminosos atiraram contra policiais na localidade e se iniciou um forte confronto.

Por volta das 3 horas da tarde, os dois Caveirões se mantiveram estacionados na entrada do túnel João Ricardo, e um terceiro emparelhado ao muro da estrada de ferro. No balanço das forças de segurança, apesar das baixas policiais, o saldo até então era positivo. Os canais de televisão e as rádios noticiaram durante todo o dia a operação policial. Por toda a cidade não se falava em outra coisa. O governador passou parte da manhã e o início da tarde ao telefone com o presidente da República. Quando o secretário de Segurança chegou ao seu gabinete, entre aliviado e tenso, ele quase gritou:

— Mataram o meliante?

— Ainda não, governador — respondeu secamente o subordinado. — Ele está entocado.

— Desentoque esse merda! Preciso muito dessa morte — explodiu o outro, numa espécie de lamúria desesperada.

— Vamos reiniciar a operação. A tática vai ser a mesma: infiltrar homens durante o dia em pontos estratégicos e invadir com todo o arsenal à noite. Já temos todas as entradas mapeadas. De acordo com o pessoal técnico, o facínora está bem entocado.

— Como eu disse, desentoque esse merda de lá nem que seja explodindo tudo — exasperou-se o chefe do executivo estadual.

O secretário viu o desespero do governador. No mínimo, estava pressionado pelo Planalto e pelo senador do seu partido, que se considerava seu padrinho político. Com palavras que não faziam muito sentido, o secretário fingiu dar alguma esperança para o superior, mas, quando saiu do gabinete, ria um riso interior debochado, facilmente detectável em sua expressão.

– Carinha, que parada sinistra é essa? – Raquel perguntou a Robertinha, sem saber como se controlar de tanto nervoso.

– Tá foda, Raquel. Sou cria, assim como tu, e nunca vi essa porra assim, tá ligada?

Patrícia tinha sumido havia dias. Provavelmente, estava escondida na casa da mãe ou em algum outro lugar do morro. Como mulher de Robinho, não podia dar mole. Se fosse capturada, seria torturada para entregar seu homem.

Caniço, Ossada e Sem Memória estavam no Paiol. Robinho, totalmente pilhado, mostrava-se com pouca energia. Ninguém tinha dormido. Naquela pressão toda, perdendo homens, ele precisava encontrar uma estratégia para se fortalecer.

Na verdade, o cerco contra ele se fechava mais e mais. Um menor, seu aviãozinho, bateu para Sapão que tinha polícia disfarçada misturada com os moradores. Essa notícia deixou o cabeça da organização ainda mais azucrinado, a ponto de orientar a todos que, se fosse o caso, usassem granadas contra policiais ou contra os carros da polícia – até mesmo o Caveirão, que resistia a tudo.

Todos saíram para os seus pontos, menos Caniço e Sapão. Muitas áreas precisavam ser guarnecidas, pois estavam fragilizadas pelos ataques e baixas anteriores.

– Pega a visão aí, vocês: o cerco não pode fechar contra nós, porra, senão tamo fodido – disse Robinho, em tom grave, sem mesuras.

– Tamo ligado, Comandante... Tamo ligado... – gaguejaram Caniço e Sapão, em uníssono.

– Se liga, agora vai além de qualquer estratégia. A gente precisa usar tudo o que temos, se for o caso, a própria comunidade, para proteger a gente, como um escudo, como um paredão humano contra esses putos, tá ligado? Se a gente cair, pode contar, não vai sobrar pedra sobre pedra.

Os olhos de Sapão e Caniço brilharam. Robinho sabia que a melhor defesa era o ataque. Mas, para isso, precisava de um novo plano eficiente, que não tinha.

Àquela hora da tarde, o morro aparentava normalidade, embora o silêncio fosse a tradução de que algo estava sendo tramado, às escondidas, contra ele e seu bando. Os três resolveram tomar umas geladas e apertar uns baseados para relaxar um pouco enquanto pensavam em algo.

Robinho tirou a jaqueta verde-oliva com a estampa do seu brevê do Exército Brasileiro. Saltaram aos olhos, acima do peito, sua tatuagem de aranha, e no braço, a de arame farpado. Afrouxou também o cadarço do coturno marrom, lembrança do seu tempo de Vila Militar, época gloriosa do paraquedismo, guardado com zelo e carinho. Enquanto dava umas baforadas no cigarro, olhava a nuvem de fumaça esbranquiçada e pensava na vida, desde os tempos de menino nas favelas do subúrbio – o que passou com o pai, o destino da mãe e dos irmãos e o dia em que chegou e fincou estacas, plantando suas raízes no morro da Providência. Lembrou-se também de Patrícia, a patroa de fé. Estava em um momento nostálgico.

Caniço e Sapão viram o chefe pensativo e imaginaram muita coisa. Por fim, resolveram continuar dando bicadas nas latinhas de cerva e chupadas generosas nas guimbas dos seus cigarrinhos. Havia uma tristeza nos olhos dos três, talvez uma marca da vida embrutecida pela realidade, só quebrada quando os rádios apitavam as vozes metálicas de algum comparsa dando as últimas notícias sobre a situação do morro. E que não eram boas.

O horizonte se avermelhava rapidamente. Parecia simbolizar o final dos tempos, como sinal dos momentos que viriam, da fúria absoluta dos homens, da queda do céu.

Do alto do morro, diante da vista borrada pelo sol sanguíneo que se despedia, Robinho se viu como uma águia impedida de voar. Não tinha as condições que sempre tivera de alçar o voo que quisesse. Pensou, aleatoriamente, em se atirar da grande rocha, do alto da pedreira. Seria também uma morte digna, generosa.

Esses pensamentos vinham e iam na velocidade da luz, até que, numa imersão contrita pela religiosidade adquirida da mãe, resolveu ir à Capela das Almas, o antigo oratório do alto da Providência, próximo à Pedra Lisa. Quando alcançou o sexto e último degrau da escadinha que dava acesso ao seu interior, onde se avistavam as imagens dos santos, Dona Chiquinha, guardadora da capela, arregalou os olhos miúdos e clareados pela catarata. Seria uma espécie de penitência, santo Deus? De salvação de uma alma contagiada por impurezas? Não sabia ao certo, mas ficou contente mesmo assim. Tinha Robinho como um filho, pois dele sempre recebeu proteção e respeito. O bandido lhe beijava a mão e lhe pedia a bênção, como acabara de fazer naquele instante.

A noite desceu veloz, e a segurança de Robinho ficava cada vez mais fragilizada. Em todo caso, Sapão e Caniço estavam a postos, à pequena distância, esperando para saber a que horas o chefe deixaria o lugar. Ele parecia sem pressa. O risco era grande. A descida da Pedra Lisa para o Paiol era íngreme e acidentada. Na escuridão da noite, sem poder usar lanternas para não dar na vista, a coisa só se complicava.

Robinho sabia disso como ninguém. Sua vivência no morro fora, ao mesmo tempo, integração e aprendizado. Sapão também havia nascido no morro e se considerava PhD na área. O único estranja da parada era Caniço, ali de fresco, que, há apenas um ano vivendo no local, ainda era visto como um recém-chegado.

A pedido de Sapão, outros homens vieram dar cobertura à saída do chefe da capelinha. Robinho caminhava no meio, de pistola automática na mão, cromada, a sua de honra. Caniço e Ossada também portavam suas armas. O FAL de Ossada tinha uma base marrom com detalhes pretos.

A descida se fazia rápida e atenta. Todo e qualquer movimento era averiguado. Se alguém se atrevesse a espiar a andança do grupo, era dada a ordem para entrar pros barracos. Apreensão e nervosismo eram provocados por um simples farfalhar de folhas de árvores, pisadas em galhos e chutes acidentais em pedras.

Salvaguardar o chefe era a missão de todos. Valia qualquer coisa. Valia a vida de cada um. Quando se ouviu o estampido de projétil estalar num canto, um paredão humano se formou para cobrir Robinho. Faltava pouco para atingir o Paiol quando um grito surdo soou nos ares, uma boca de fogo se acendendo na direção do grupo. Foi nesse momento que Merendinha caiu estatelado, alvejado no peito. Outros disparos vieram, acompanhando o primeiro. Não eram contínuos, mas eram fortes, pesados.

Robinho logo se deu conta de que era ação de um solitário, não de um grupo. O bando rodeou, agachado, um barraco que dava acesso a umas moitas de arbustos. Um dos comparsas ziguezagueou pelo chão feito cobra. Logo outra rajada de tiros saiu de uma moita verde, e um grito surdo ecoou de dentro da mata. De repente, Muquifo saiu de lá arrastando o corpo de um homem branco e alto, com as costas estouradas. Era policial, fora emboscado por trás.

Todos saudaram o companheiro pelo feito. Robinho olhou para a cara do sujeito e o reconheceu como um policial da CORE. Bateu com força o seu coturno na cara do homem morto. Num átimo, tomou o FAL da mão de Sapão e estilhaçou o crânio do policial.

Então, tiros começaram a incendiar o morro. As armas cuspiam balas de todos os lados. Robinho ficou encurralado, como se tivesse sido pego de surpresa. Protegidos por uma parede de concreto, construída havia tempo exatamente para enfrentar confrontos, o chefe e seu grupo atiravam a esmo para todas as direções, mas sem ver o alvo.

Ouviram vozes e gritos dos meganhas dizendo "ele está aqui", "achamos ele" e "mandem reforços". Agentes da CORE e outros policiais logo se espalharam por todas as partes. No alto, helicópteros e drones atiradores procuravam melhores posições para alvejar a todos da gangue criminosa. A noite corria indiferente a tudo, parecendo alheia ao que estava acontecendo.

CAPÍTULO 15

Os homens de Robinho, que estavam em outros pontos do morro, se reagruparam para protegê-lo dos ataques. Sapão dava retaguarda. Mosca e Pente Quente iam guarnecendo a todos de munição. Havia projéteis para todos os gostos, além, é claro, de granadas.

O fardamento do chefe camuflava-o na noite. Os disparos eram muitos. A parede de concreto parecia estar sendo picaretada, tantas eram as balas que a atingiam. O plano do bandido chefe era entrar na casa-forte, o Paiol, seu local seguro. Mas como, àquela altura?

Uma rajada de metralhadora veio do alto, disparada de um dos helicópteros. Os drones também passaram a atirar. Arbustos e árvores já não ajudavam a esconder o grupo e seu chefe. Caniço acertou um tiro e derrubou um dos drones. Alguém comemorou um balaço dado nas fuças de um policial. Por todo lado se ouviam gritos e gemidos. O morro inteiro estava em polvorosa. Ninguém tinha mais sossego, e todos se malocavam nos barracos.

Sem meios de avançar para o Paiol, Robinho e seus homens se viram sem saída: precisavam se defender ali mesmo e evitar um ataque direto. Pelo jeito, aqueles policiais o queriam morto, não vivo – isso estava claro. Robinho era um troféu, não importava como seria entregue ao governador. Fazia parte daquela guerra particular. Alguém tinha que sair dali no saco preto, direto para o necrotério, e de lá, para a vala comum. Mas ninguém queria ser esse alguém, muito menos o bandido chefe.

Era preciso ter paciência e pensar bem em todos os passos a serem dados dali em diante. O bando estava cercado, acuado. Precisava minar as energias dos atacantes. Não tinha muito tempo a perder. Robinho orientou o grupo a atirar menos e poupar munições. Ordenou também que chamassem os outros homens para atacar pelas retaguardas. Desse modo, poderiam conseguir algumas baixas e ganhar tempo para escapar. O objetivo era sair daquele acuamento, do recuo. A vantagem não ia durar muito, ele sabia.

Os helicópteros iam e vinham, iluminados, assim como os drones atiradores. Em todo o morro ecoavam barulhos de disparos. Eram contínuos. O confronto se mantinha ativo por toda a parte. A parede de concreto já estava toda marcada de bala. Por alguns pontos, Robinho e seus homens miravam na direção dos policiais e faziam disparos.

A impressão era de que os mesmos tiros disparados na direção dos policiais, voltavam na direção dos bandidos, num efeito bumerangue. O grupo estava atemorizado. Começou-se a pensar num plano de fuga, mesmo em meio ao tiroteio, com forte cobertura a Robinho e alguns dos seus, incluindo Sapão e Caniço.

Visando o êxito do plano, Robinho deu ordem para usarem as granadas, lançadas na direção dos policiais, claro, os mais visíveis. Explodir os tiras era motivo de festa e comemoração, além de oportunidade de escape. Mas a realidade era outra. Robinho sabia que, a qualquer vacilo seu, tudo estaria perdido.

Em torno de si havia uns trinta e poucos homens fortemente armados. Se não desse para atingir o Paiol, estratégia pensada como a melhor naquele momento, a alternativa viável era adentrar a mata, se enfurnar nos meandros dos barracos e deixar a poeira assentar. Obviamente, a polícia faria uma louca varredura pelo morro atrás dele, mas, como das outras vezes, não iria encontrar ninguém.

A ordem era: no momento que os tiros cessassem, os homens se dispersariam, em pequenos grupos, para cada lado. Robinho seguiria com Sapão e Caniço, com mais uns dois ou três na retaguarda. Os demais ficariam para despistar os policiais, que ficariam baratinados com a correria desembestada de tanta gente ao mesmo tempo.

Num instante qualquer, os tiros pararam. Em pontos distantes, ainda se ouvia alguma coisa, mas nada ali tão perto. Provavelmente haviam dado uma pausa; com as armas pesando demais nos braços, era hora de descansar os ombros. Robinho fora limpador de armas no Exército e sabia disso como ninguém.

Os helicópteros e drones também deram um tempo nos tiros; apenas se ouvia o barulho de suas hélices. Robinho deu o sinal e tomou a dianteira na direção do alto do morro, para a Pedra Lisa, onde a mata era mais densa e fechada. A ideia era se entocar na fenda da pedreira que dava acesso à parte baixa da favela. O lugar era de difícil acesso; ele e Sapão a conheciam, mas não dava para qualquer aventureiro adentrar.

Em questão de segundos, o bando se dispersou. Foi um corre-corre de um lado para o outro, homens com armas nas mãos ou penduradas nos ombros. No entanto, a força policial logo percebeu. Os olheiros da polícia deram o alarme e o tiroteio voltou com intensidade. De imediato, Robinho, Sapão e Caniço viram a merda que tinham feito. O ponto de apoio dos bandidos, o paredão, ficou apinhado de tiras – uns fardados, outros à paisana.

O grupo de Robinho tomou o rumo da mata, seguido de muitas rajadas de tiros. Gritos e gemidos ecoavam por toda parte. Os corpos dos comparsas de Robinho iam desenhando a trilha da fuga com poças de sangue. Estava na cara que os policiais não queriam fazer prisioneiros. Quem era encontrado agonizante, mesmo levantando as mãos para se render, recebia balaços de misericórdia no meio da cara ou do peito.

Cada vez que acertavam um bandido, os policiais davam um grito de "mais um" e seguiam em frente na caça a Robinho e ao restante do bando. Era cão atrás de gato e gato atrás de rato. Não fazia diferença essa ordem, agora. Poucos policiais se feriam, pois sua vantagem não era só bélica, mas também de inteligência, de tática, além do uso de colete.

Lá no alto, Robinho conseguiu galgar o interior da mata. Era seguido por Sapão, Caniço e outros três homens. Os tiros os perseguiam, cada vez mais rentes aos seus corpos. Caniço sentia o vento das balas zunir nos ouvidos. Eles subiam e subiam. Faltava ainda um bom pedaço de chão para atingirem seu objetivo. O cansaço era grande.

Com ódio nos olhos, Robinho farejava uma saída, como quem pensa em algo triunfal. Embaixo, o tiroteio voltou a ficar intenso, mas seus comparsas resistiam bravamente.

A subida continuava, firme e íngreme. Os tiros também. Ouviam os helicópteros sobrevoarem suas cabeças. Provavelmente, não os viam. Robinho, mesmo subindo, fez um sinal para que todos fizessem silêncio. Mas não era o bastante. Tiros vieram do alto, perfurando a mata. Os helicópteros estavam sendo orientados por algum comando. Não havia muito o que fazer a não ser devolver os tiros que recebiam. Estavam sendo caçados como bichos acuados, pronto para caírem em uma armadilha.

Do alto, com uma rajada, um dos comparsas foi atingido de cima a baixo, e seu corpo quase se abriu de tantas balas. Em segundos, o chão ficou empapado de sangue. Caniço olhou sem poder fazer nada. Tinha que seguir em frente. Imediatamente depois, outro do grupo também foi atingido, mas nas pernas. Sem poder andar, foi abandonado para trás.

Alguns passos adiante, ouviram disparos seguidos de gritos de "morra, peste!". Mais um que tombava. Quantos já tinham ido até agora? Muitas vezes só se matava, nunca se divulgava. Eram mortes sem número, mortos sem nome. As famílias, sem dinheiro, enterravam os corpos de seus entes em algum canto de terreno do próprio morro, secretamente. Era uma estatística invisível, cruel, própria do mundo do crime.

Robinho, agora, só contava com Sapão e Caniço, mais ninguém. Continuou subindo, mas arfando. Despiu-se da jaqueta verde-oliva do Exército. O coturno marrom e a calça ajudavam a protegê-lo das adversidades do caminho. Segurava entre os dedos seu cordão prateado, que trazia seu nome de guerra – Pessanha –, encimando um medalhão com a figura de uma águia de asas abertas.

Parecia que a hora de um confronto final se avizinhava. Robinho, que já havia estado em situações parecidas, mordia os lábios de aflição. Seu desejo era atirar, sua sede era de matar, de vingar cada soldado seu com o sangue de um policial morto.

No asfalto, as autoridades festejavam o avanço da operação.

O governador gritava no telefone, não se sabe com quem. Em sua antessala, muitos jornalistas aguardavam uma coletiva, mas o governante hesitava em se expor. Não era a hora. Se o fizesse, podia contrariar interesses daqueles que o apoiavam e colocar gás na tal nova CPI. Sabia que a maioria da população estava querendo mesmo era ver o circo pegar fogo. Apenas meia dúzia de organizações de direitos humanos é que buscavam, a todo custo, roubar-lhe os holofotes.

Nas ruas, o assunto empolgava. As bancas de jornal ficavam cheias de curiosos lendo as manchetes. O Disque Denúncia compensaria quem desse o paradeiro de Robinho, vivo ou morto. O valor já estava em dez mil reais. Por comparsa, o valor girava em torno de três mil.

O plantão do governador e de alguns secretários era interesseiro. Manterem-se àquela hora da noite em palácio tinha a ver com a repercussão do caso e a mídia que lhes dava. Os comentários que chegavam diziam que Robinho seria pego nas próximas horas.

O governador exultava. Tomava um cafezinho a cada minuto. Nem se importava mais se, afinal, estava quente ou frio. Sobre sua mesa de pinho-de-riga, espólio ainda dos tempos da Princesa Isabel, uma peça em cerâmica mostrava a imagem de São Jorge, aquela clássica, flechando o dorso do dragão. Simbolicamente, ele queria flechar a cara de Robinho Capeta.

A madrugada chegou fria e sinistra. O morro todo estava acordado. Não havia como dormir e ter sossego com toda aquela loucura de tiros e gritarias. A população estava vigilante e apreensiva. A resistência do grupo de Robinho surpreendia as forças de segurança. O comando, aquartelado entre o terminal rodoviário e o posto de gasolina, tinha até sugerido toque de recolher para controlar ainda mais a comunidade. Não vingou.

Enquanto tiros espocavam aqui e ali, Robinho ia pensando em como faria para escapar. Soube que muitos dos seus homens haviam sido mortos ou presos pela polícia. No momento, deviam estar sendo torturados para entregar o chefe e o esconderijo da quadrilha.

Numa pequena pausa no tiroteio, houve tempo para Robinho trocar um lero com Sapão e Caniço. Ossada, nesse ínterim, tinha se juntado a eles e, de arma em punho, passou a reforçar a segurança do Comandante. Nessa conversa, de forma inteligente, Robinho fez um balanço da ação da polícia, ligando a operação às eleições e aos interesses políticos para manter a hegemonia das forças corruptas no estado. Disse que, devido ao enfraquecimento do atual chefe do executivo, alguma coisa precisava chamar a atenção – e essa coisa era exatamente o combate ao chefe do tráfico.

Sapão acendeu um cigarro de maconha que trazia no bolso, o que alegrou geral, sobretudo o chefe. Estavam ali entocados, quase sem saída, sem saber bem o que fazer. Robinho sabia que aqueles tiros visavam apenas mantê-lo entocado ali, como numa jaula, até que os policiais tivessem um plano melhor ou se reagrupassem para atacá-lo. Prendeu o cigarro nos lábios e sugou demoradamente. Dava-lhe uma viva satisfação, a fumaça que espiralava. O mundo do crime era o seu mundo, foi onde aprendeu a viver e a sobreviver, a ser quem era.

Era nisso que acreditava. Era isso que transmitia para cada um do seu bando, especialmente Caniço, que acreditava ter tudo para herdar seu legado no mundo do crime.

– Gosto de sangue, do cheiro de sangue, da sua forma pastosa saindo das vísceras das bestas que me enfrentam – disse o chefe. – O sangue me faz forte. Sua vermelhidão me transporta ao poder, tá ligado?

Todos o ouviam atentamente. A madrugada estava fria, mas não congelante. Cães latiam no quintal dos barracos ou nas ruas da comunidade. Lá de cima, ouvia-se tudo. A cidade do asfalto estava toda iluminada. O Cristo Redentor, ao fundo, esplêndido com seus braços abertos, também.

Ilusoriamente, Robinho se via à imagem e semelhança do Cristo. Num lance, abriu os braços como a grande estátua. Estava igualmente numa colina, os olhos voltados para a Cidade Maravilhosa.

Apareceram umas marmitas e umas cervejas. Uns pivetinhos que já serviam a Robinho haviam trazido da barraca de Eduardina, sobrinha de Dona Chiquinha, a mesma que cuidava da Capela das Almas. Era tudo o que o bando precisava: matar a fome. Já estavam enlouquecidos por não terem o que comer.

Enquanto alguns comparsas permaneciam na vigília, outros tomavam conta do morro pelo rádio transmissor. As informações não eram das melhores.

De confortável, apenas que a operação tinha dado um tempo, mas que ainda havia um pequeno grupo de policiais escalado para manter Robinho encurralado até o dia amanhecer.

– Chefia, a ordem lá embaixo é atirar mermo – falou um bandidinho que fazia as vezes de pombo-correio do traficante.

Robinho não gostou do que ouviu. Reuniram-se para bolar uma saída. De concreto, sabiam que o dia não demoraria muito para amanhecer, e naquelas condições ele não podia ficar. Com o dia claro, viraria alvo fácil. Tinha passado muito tempo naquele local. Muitos foram se aliviar no mato, como o próprio Robinho, depois dos comes e bebes. E o fizeram com um olho na merda e outro na situação.

Precisava sair, deixar aquele local, e já. Chegar até o Paiol seria a melhor das opções para se camuflar e se proteger. E chegar lá com total segurança era o maior empreendimento que o desafiava naquele momento.

Reuniu Sapão e Caniço e mandou que preparassem todos para uma operação de fuga. A ideia era criar um cinturão em torno dele, todos armados e prontos para atirar sob a menor ameaça de ataque. E revidar certeiramente. Enquanto o grupo segurasse e despistasse os policiais, com tiros e até granadas, ele se meteria mata adentro até chegar à casa-forte, o Paiol. Todos acharam que isso era possível, afinal, ninguém aguentava mais permanecer ali, dentro do mato, feito bicho entocado, atirando na própria sombra e se defendendo.

Os olheiros deram uma última espiada e o sinal positivo. Fazia meia hora ou mais que não se ouvia sequer um tiro. Robinho achou que estava seguro. Tinha duas pistolas à disposição e resolveu carregar umas granadas de mão, do tipo M67, iguais às que usava nas Forças Armadas. O bando acompanhou o posicionamento do chefe. Seria no "três" a debandada geral.

— Um, dois, três! — cantou o bandido, correndo em disparada.

CAPÍTULO 16

Robinho foi o primeiro a sair, ladeado por Sapão e Caniço, ambos bem armados e cercados de aproximadamente quinze homens, entre eles Ossada e Sem Memória. Correram apressadamente. Robinho andava devagar e olhava para todos os lados. A turma o acompanhou. Ossada, com uma AR-15, parecia uma imitação diminuta e raquítica do Rambo, pois ainda trazia um pano amarrado à cabeça, uma espécie de faixa atada entre a testa e a nuca.

O grupo galgou uns bons primeiros passos no trajeto, mas, de repente, vinda pelos lados, uma escalada de tiros o fez interromper a marcha. A sensação era de estarem cercados por um batalhão de policiais, brotados da mata, como praga de insetos. No meio da escuridão, só conseguiam enxergar o fogo saindo da boca das armas. Os homens de Robinho foram caindo um a um. Alguns gemiam e gritavam; outros, já mortos, ficaram estatelados no chão. A pressão das balas e a força do ataque desesperaram Robinho e seus principais homens. Foi um deus nos acuda. O bando dispersou em fuga, no salve-se quem puder. Tiros surgiram também das lajes e de dentro dos barracos.

Poucos foram os revides bem-sucedidos do pessoal de Robinho. Desses, um foi o ataque com granadas, o forte do bando. Pelos berros ouvidos no matagal, os comparsas tinham conseguido acertar alguns policiais. Fora isso, Robinho continuava a ter muitas baixas do seu lado. Mesmo assim, continuava na fuga. Olhou ao redor e viu que tinha metade do seu bando ainda o seguindo. De pistola na mão, atirava mato adentro. Era bom de tiro a distância e enxergava bem à noite. Quando soldadinho do Exército, conseguia cumprir otimamente as tarefas noturnas ordenadas pelo seu superior.

A situação se complicava. Antes de tudo isso começar, chegou a pensar em deixar o morro, em se criar em outras paragens. O clima estava ficando desfavorável demais. Outros já haviam feito isso. Podia ter deixado suas bases e comandado de outros pontos, de outras cidades e até mesmo outros estados. As ordens podiam ser dadas de qualquer lugar onde estivesse. Normal. Mas, não: hesitou, hesitou, e deu no que deu. Vacilou geral. Tinha que ter ido sem titubear. Podia também ter fugido, logo no início da ocupação, com sua mina, grávida de um filho seu.

Agora se achava ali, no meio do fogo cruzado. Queriam sua caveira, com certeza. Sapão berrava pelo rádio, pedindo reforço.

— Tá de bobeira, esses putos aqui tão furando a gente geral!

Do outro lado, parecia que ninguém ouvia ou respondia. O bando foi ficando pequeno, com poucos para reagir. A polícia foi fazendo a limpa pelo caminho. Tudo acontecia muito rápido.

Sem reforços e com pouca munição, restou a Robinho contar consigo mesmo e mais uns e outros, os mais próximos, as sobras, entre os quais Sapão e Caniço. Arrastou os dois com ele. Capitão puxou Ossada. O restante permaneceria para dar cobertura, metendo fogo nos canas que aparecessem.

Um pequeno grupo ficou, amedrontado. Robinho continuou. Se conseguisse vencer mais uns cinquenta metros, entraria em plena escuridão, aí ninguém mais o acharia. Foi o que procurou fazer com o grupo que o acompanhava. A picada decisiva estava próxima.

O grupo mirava as armas e atirava para trás, revidando disparos. Foi quando Sapão deu um gripo de dor: um tiraço atingira seu ombro, fazendo que deixasse cair sua principal arma. Ossada socorreu o parceiro de luta e outro tiro passou por ele, de raspão. Sentiu-se aliviado, mas, quando se deu conta, Robinho estava esvaindo em sangue. A bala de escopeta havia vazado a lateral do peito do bandido, rompendo suas carnes. Robinho caiu de joelhos, urrando de dor. Caniço e Ossada o ampararam. Sapão, ferido, só tinha condições de caminhar, não tinha forças para carregar o chefe.

Estavam no final da picada, mas era grande a dificuldade de concluí-la. A parte mais escura da mata estava um passo à frente. Mas Robinho, muito ferido, não falava coisa com coisa. Parcialmente engolido pela escuridão, o bandido viu que era o seu fim. Largou a mão de Caniço e deixou-se arriar até o chão. Conseguiu se sentar, recostando-se numa árvore, embora estivesse muito tonto e perdendo os sentidos. Sabia que não valia a pena sacrificar o restante do grupo. Precisava tomar uma atitude enquanto ainda havia algum fôlego para isso.

– Na moral – falou com sacrifício, como quem não quer ser contestado. – Agora é nóis!

Com a voz arrastada, explicou que não tinha condições de seguir em frente. Sequer sentia as pernas. Dentro dele, tudo queimava. O corpo não respondia mais. Não valia a pena sacrificar o grupo; a organização precisava sobreviver e a comunidade precisava da força da organização.

Caniço tentou esboçar uma reação, mas Sapão o conteve, pondo a mão em seu braço. O chefe estava certo. Além do mais, podia ser que o resgatassem e que sobrevivesse, aí fariam o trabalho de libertá-lo.

Encostando a cabeça no tronco da árvore, Robinho meteu a mão dentro da calça do Exército, suja de sangue. Com dificuldade, voltou segurando um pedaço de papel dobrado e amassado.

– Pega a visão aqui! – estendeu a mão trêmula para o alto, olhando fixamente para Sapão. Este fez menção de pegar o papel, mas foi contido por um gesto negativo de cabeça de Robinho. – Não, bróder. Sei que a gente fechou geral esses anos, mas, de boa, é melhor a tropa ficar na responsa do Capitão.

Caniço pegou o papel manchado de vermelho, tremendo. Mal sabia ler.

– Fala tu, Sapão, fala tu – disse o chefe.

– Chefe, vamo fechar geral com o Capitão. – E virando-se para Caniço: – Nóis vai te dar voz, tá ligado?

Robinho ainda teve força para falar que Caniço tinha nascido para comandar, para ser o guia, ser o capitão. Desde que o viu, que bateu os olhos nele, soube disso. Pediu que cuidasse do trampo, de Patrícia e do seu molequinho que vinha aí. Não deixar faltar nada para a família era a maior missão.

– Não arrega, Capitão. Tu é o cara agora, porra. – O bandido fez uma cara estranha, entre riso e dor, e cuspiu uma pasta de sangue.

Responsabilidade gigantesca. Caniço tremeu nas pernas, mas nada demonstrou, segurando firme.

Em seguida, Robinho desfaleceu. Caniço, Sapão e Ossada pensaram que tinha morrido, mas ele voltou tossindo, cuspindo ainda mais sangue. Pensaram em arrastar o chefe, mas Robinho, num lance derradeiro, leu os pensamentos de cada um.

– Mete o pé, caralho. Daqui não saio – disse, a voz sumindo.

Ainda se ouvia tiros na comunidade. Sentia-se no ar que tinha muita gente no encalço deles. De fato, logo os policiais chegariam para conferir a área. E estavam bem equipados, doidos para beber o sangue do primeiro que encontrassem pela frente.

Caniço, todo sentimental, resistia em deixar Robinho para trás.

– Porra, tá de bobeira, Capitão! – berrou o traficante, com as últimas forças do pulmão. – Na sua mão tá o segredo do nosso Paiol, o depósito dos latões de dinheiro. Tem grana pra caralho lá embaixo. Rapa daqui geral, agora! – ordenou e calou, como se desse o último suspiro. Só que não. – Nosso tesouro não pode cair nas mãos de canalhas da lei.

Juntou nas mãos três granadas.

– Esses putos vão vir me pegar e eu vou levar um montão comigo – disse, mordendo o lábio com dificuldade, numa risadinha sarcástica.

Robinho malocou as granadas já sem os pinos dentro da calça verde-oliva e ordenou que fossem embora.

Os três entenderam e se foram, olhando muito para trás. Robinho fora treinado para a guerra, o Exército fizera isso com ele. O primeiro que começou a subir foi Ossada, seguido de Caniço, sustentando a subida do amigo Sapão, que estava mal, mas, com ajuda, conseguia se locomover. Grogue, Sapão só conseguia dizer "sobe, sobe".

Aos poucos, sumiram na escuridão. Ao longe, ouviam-se tiros esporádicos. Ainda no caminho, escutaram vozes e gritos de "pegamos o diabo". Sentia-se uma euforia no ar e ouvia-se rajadas de tiros, mas nenhuma explosão.

Vários gritavam ao mesmo tempo, comunicando a nova para o comando lá embaixo, no asfalto, via rádio. Embora tivessem tomado alguma distância, o trio percebia que, no local onde estava Robinho, chegava e chegava gente. Alguém sugeriu algemar Robinho, mas outro lembrou que ele já estava quase morto. Ao redor do bandido, suas pistolas e um fuzil.

– Bora descer logo esse traste – ordenou uma voz de comando.

– Ele está quase morto – respondeu um agente montado sobre o corpo de Robinho.

Pelo celular, policiais enviavam fotos fazendo pose ao redor do bandido. Muitos festejavam, rindo e dando vivas.

O dia estava amanhecendo. Lá embaixo, o governador, insone, liderava uma turba ensandecida pela prisão do bandido e por notícias. Havia muita gente à espera de Robinho, morto ou vivo. Até o prefeito havia ido conferir se era de fato verdade o que todo mundo dizia.

Cerca de vinte homens começaram a preparar Robinho para descer. A disputa era grande, como quem digladia para segurar a alça do caixão de uma grande personalidade. Um longo plástico preto fez a vez de lençol para deitar o corpo.

Mas Robinho não estava morto. Havia reservado um restinho de energia para esse momento final.

Os meganhas, como gostava de chamar a força-tarefa formada pelos agentes de segurança, em doida afobação para prendê-lo, sequer o revistaram. Se o tivessem feito, dariam conta das granadas malocadas em sua roupa.

Os homens anunciaram pelo rádio que iriam descer com o "morto". O governador tinha pressa. Aquele era o grande dia do seu mandato. Estava confiante, sua popularidade mudaria da noite para o dia. Sua campanha à reeleição floresceria assim que botasse a cara na televisão para entregar ao povo o que sobrou de Robinho Capeta.

O traficante foi arrastado para o meio do plástico improvisado como maca. Quatro homens o pegaram, dois de cada lado. De calça verde-oliva e coturno marrom, parecia um despojo de guerra.

Um disse "hora de descer", voz que ecoou na direção do asfalto apinhado de gente, vista a distância. Lá embaixo, o perímetro estava fechado para pedestres. O dia havia clareado de todo, mas a comunidade estava muda. Estranhamente, não tinha gente pelas ruas. Como se o morro todo já soubesse que Robinho tinha sido pego e "morto".

O silêncio do morro era uma espécie de rito, de oração de despedida, uma oferta de reverência.

A descida foi lenta e custosa. Era um percurso íngreme, que merecia cuidados, até saírem da mata. Dos quatro homens que carregavam o corpo inanimado de Robinho, dois usavam fardas. Pelo caminho, outros policiais iam juntando e acabando com a curiosidade – aqui tirando fotos, ali filmando no celular.

No final do trajeto, podia-se ver os dois Caveirões usados durante a investida na guerra contra o bandido. Então, alguns curiosos apareceram nas janelas. Uma mulher idosa chorava alto dentro de um barraco.

A pouco mais de cem metros de atingirem o fim do percurso, os policiais que o carregavam sentiram Robinho se mover lentamente. Seu corpo se contorceu, dificultando a caminhada daqueles que o carregavam. Fizeram menção de dar uma parada, mas acabaram achando melhor não. "Ele está estrebuchando", um carregador chegou a dizer. "Agora essa coisa ruim morre de vez", outra voz rosnou. Por fim, uma piadinha: "O governador vai gostar de ver esse merda morrer aos seus pés".

A passos lentos, o grupo não se dava conta de nada. Tudo era festejo e risadas debochadas. Iam pirambeira abaixo, entusiasmados. Robinho deu outra mexida com o corpo, se contorcendo muito, de forma bem mais abrupta e violenta do que antes. Lá de baixo, as autoridades passaram a ter visão do numeroso grupo descendo com o bandido. Alguns faziam sinal de vitória, com os braços para cima. Uma festa. Robinho preso e ainda vivo.

Mas, antes da descida final, palavras saíram da boca de Robinho em uma voz diabolicamente cavernosa, feito centelha:

– Vão tudo comigo pro inferno, filhos da puta!

Sequer deu tempo da turma que estava sobre ele entender o que ia acontecer. Mal terminou a fala gralhada, uma explosão violenta, saída de seu corpo, levou tudo pelos ares – corpos, armas e equipamentos. As granadas explodiram de forma sincronizada, em sequência. Cada mexida que havia dado, na verdade, era para posicioná-las para a explosão quando o momento chegasse. E chegou.

Um clarão iluminou ainda mais o céu, onde pontilhavam algumas nuvens embranquecidas. O corpo do bandido se desfez em pedaços, assim como outros dez policiais e agentes. Os que estavam mais próximos dele se arrebentaram todos. Vários feridos. Gritos de desespero, gemidos e choros de dor.

Uma cratera se abriu no chão, uma grande cova colossal.

Para os que observavam de longe a cena, o estrondo parecia o ataque de uma grande bomba, vinda do céu sobre a favela. Do alto, até os helicópteros sentiram o baque, tremendo para os lados. Por pouco, não caíram.

A comoção foi enorme. Difícil acreditar no que havia acabado de acontecer. O governador, cercado pelos auxiliares e pressionado pela imprensa, nada disse, saindo do local avoado e afoito.

O povo na rua, incrédulo, a tudo assistia. Os noticiários gritavam pelos aparelhos de tevê sobre o grande acontecimento.

O resto do dia foi de comentários tensos e soturnos. As autoridades, antes ávidas pelo desfecho rápido e exitoso da guerra, logo sumiram de cena. O governador se trancou no palácio e se negou a atender mesmo as ligações do presidente da República.

A imprensa divulgava os fatos nos mínimos detalhes. A cidade parou. O perímetro da Central do Brasil era terra de ninguém.

Não demorou, a vida no morro começou a florescer. Os barracos penduraram panos pretos em suas portas e janelas em sinal de luto. O comércio não abriu as portas. Ao lado da Central do Brasil, o Bar do Alemão, pela primeira vez, também cerrou suas portas.

Já dentro do Paiol, Caniço, Ossada e Sapão descansavam da grande batalha. A um canto, encostada e entristecida, estava Patrícia.

Visto agora, de relance, Caniço tinha crescido. Abraçado com Robertinha, parecia outra pessoa. Ele sabia que estava de frente, que estava tudo nas mãos dele. Agora era o Capitão de fato, o cara do morro da Providência.

No local mais alto do morro, na Pedra Lisa, uma salva de tiros saudava Caniço e quebrava o silêncio da comunidade, há dias emudecida. O morro foi tendo seu povo de volta, as ruas foram ganhando gente até ficarem superlotadas de pedestres e motoboys. O comércio entrou no seu conhecido ritmo.

Dentro e fora do morro, a vida se alimentava de sua normalidade.

Este livro foi composto com tipografia Adobe Garamond Pro e
impresso em papel Off-White 80 g/m² na Formato Artes Gráficas.